JN043395

集英社オレンジ文庫

やり直し悪女は国を傾けない

〜かくも愛しき茘枝《ライチ》〜

喜咲冬子

本書は書き下ろしです。

目次

イラスト／夢子

やり直し悪女は国を傾けない

~かくも愛しき茘枝~

序　四阿の仙人

春爛漫《らんまん》の花の下。
遠くで、喧噪《けんそう》が聞こえる。
楽の音が乱れがちなのは、楽人にも酔いが回ったからだろう。
今日は観桜《かんおう》の宴《うたげ》。家族、親類の他、父が招いた客たちが、賑やかに庭で過ごしている。
桜の花弁が浮かぶ池の端、玲枝《れいし》は一人、四阿《あずまや》で琴を弾いていた。
『天仙酔酒《てんせんすいしゅ》』。お気に入りの曲だ。
弦を強く弾き、千鳥足《ちどりあし》を模す音の余韻《よいん》を楽しんでいると——
「——汪《おう》……玲枝か?」
突然、声をかけられた。男の声だ。
サッと両手を眉の高さまで上げ、袖《そで》で顔を隠す。それが女の慎《つつし》みである。
「はい」

花弁が水面《みなも》に落ちる音ほどの声で、玲枝は返事をした。

「貴女《あなた》は、美しい。──見る者すべてを惑わすほどに」

ちらり、と上目で声の主を見る。

白い袍《ほう》が、春の風にヒラヒラと躍《おど》っていた。

白い着物と白い袍、銀糸の帯。

秀でた額《ひたい》に、形のよい眉。切れ長の目。

満開の桜を背負った見目麗《うるわ》しい青年は、まるで仙人のように見えた。

琴の音に誘われ、仙人が下界に下りてきた──という物語には、度々出会う。

(仙人……なのかしら)

仙人は、異性だろうか。わからないが、ここは慎重になるべきだろう。あとで母に叱られては敵《かな》わない。すると、答えの選択肢《し》は限られる。

──はい。

──左様でございますね。

──もったいないお言葉でございます。

慎み深い娘に許される言葉は、原則この三種類だけだ。

「もったいないお言葉でございます」

「だが……思慮が足りない」

　玲枝は、慎みから伏せるはずだった視線を、ふっと上げていた。

　不躾《ぶしつけ》な男だ。しかし、無礼を咎《とが》める言葉は持っていない。

「……もったいないお言葉でございます」

「だから、書を読みなさい。書を読めば、女人《にょにん》でも賢くなれる」

　賢さは美徳ではない――とは父の言葉だ。本など読む娘は嫁《い》き遅れる、と言うのは大人たちではないのか。人の手から書を取り上げておいて、今度は思慮が足りない、書を読め、と押しつけてくるのはどういうわけだろう。

（意味がわからない。なにを言っているの、この人）

　美しい青年は、本当に仙人なのかもしれない。

　仙人だから、人の世のことがわからないのかもしれない。

「……はい、仙人様」

　言いたいことは山ほどあるが、ひとまず、玲枝はそう返事をした。

「仙人？……あぁ、そうだね、仙人だ。私は、貴女に、書を授けに来た」

　仙人が示した先には、見覚えのない行李《こうり》がある。

　玲枝は、目を丸くした。

うながされるまま蓋《ふた》を開けてみると、中にはびっしりと本が詰まっている。

（まぁ、すごい……！）

兄たちにはふんだんに与えられたが、玲枝からは取り上げられたものばかりだ。

玲枝の、胡桃《くるみ》色の瞳は輝いた——が、すぐに陰《かげ》る。

（あぁ、でも、母上に見つかったら取り上げられてしまう……）

母は、書を毒のように思っている。毒に侵されれば、男に愛されない。男に愛されない女は、不幸だ。娘を不幸にしてはならぬ、と。

本は読みたい。けれど不幸は嫌だ。でも、読みたい。葛藤《かっとう》の末、玲枝は胸の前で、ぽん、と手を叩いた。

（蔵の納屋に隠せばいいんだわ！　でも、こんな量の本をどうやって——あら？）

ふと気づけば、もう辺りに人の姿はない。

ひらり、ひらりと、桜の花弁が舞うばかりであった。


群雄の割拠する、五十年に及んだ乱世を終わらせ、陶《とう》氏が蒼《そう》国を建てた年から数える蒼暦の、六七〇年。

蒼国八十八の州の最西部に、桂州《けいしゅう》はある。八代にわたってこの土地を拠点としてきた汪一族の、刺史《しし》の三女として玲枝は生まれた。

泣き声は小鳥の囀《さえず》り、瞳は輝く明星《みようじよう》──とは、詩好きな叔父の言《げん》である。

生まれてこの方、賛辞は暮らしと共にあった。

大きな杏仁《あんにん》型の目を、長い睫毛《まつげ》が縁どる。きらめく胡桃色の瞳。白桃を思わせる頰《ほお》。細い頤《おとがい》。艶《つや》やかな黒髪。人は玲枝の姿を、女神、天女、地上の月、月の住人、白百合の化身、真珠そのもの、と様々な言葉で飾った。

そうした賛辞も、扇《おうぎ》越しに迫る視線も、過ぎればわずらわしいばかりだ。宴の席からは遠ざかるようになったが、庭の四阿で琴を奏でる様は、奥ゆかしい、とかえって評判になってしまった。──世は、慎ましやかな女こそ至上としていたからだ。

慎ましく育てられた娘が、慎ましく嫁ぎ、慎ましく子を産み、育て、慎ましく老い、死んでいく。それが世の理想だ。慎ましさこそが、愛される女の条件であった。

──人生の転機は、十六歳の頃に訪れた。

桂州の森は豊かで、古くから貴人の狩場として愛されている。

そこに、皇帝の子息三人が訪れた──と知ったのは、のちの話だ。

第三皇子で皇太子の楡《ゆ》親王《しんのう》。第八皇子の楓《ふう》親王。第十皇子の柏《はく》親王。

時の皇帝の子には夭折《ようせつ》した者が多く、存命の男子はこの三人のみであった。

その狩りの帰り、親王の一人・楓親王が、汪家の邸《やしき》で雨宿りをし、琴を弾く玲枝を見初《みそ》めた。一年後、楓親王の三番目の妻となるべく蒼国の都・曜都《ようと》にある楓親王府へと輿《こし》入れしたのだが――この日から二年にわたって、玲枝は部屋に閉じ込められることになる。

嫁入り道具に忍ばせた、大量の本が見つかってしまったからだ。

楓親王の正妃・羽妃《うひ》の侍女《じじょ》が、荷を暴いたらしい。初夜どころではなくなった。

狭い部屋に、時折夫が叱責に来る。生意気だ、恥を知れ、と。いつも姿は見えず、扉越しだ。玲枝は言われるまま、叩頭《こうとう》を続けた。

食事は極端に減らされ、度々正妃からの虐待《ぎゃくたい》を受けた。

ある日、外に出され、第二妃と共に馬車へと乗せられた。そこで玲枝は夫の死を知る。

連れていかれたのは、北部の山奥にある坤社院《こんしゃいん》だ。

坤社院は、入道して髪を落とした女たちが、道士として暮らす施設である。十の女神の祭壇に祈禱《きとう》し、線香を捧げる日々がはじまった。

――ここで再び、転機が訪れる。

その日、玲枝は坤社院の母屋《おもや》から離れた、古い堂で琴を弾いていた。翌日、院長から、祈禱の依頼があったと言われ、道士の正装である黒い籐冠《とうかん》を被って馬車に乗った。到着したのは、昂羊宮《こうようきゅう》という離宮であった。

ひととおり祈禱はしたものの、どういうわけか、坤社院に帰ることはできなかった。

三カ月ほど経《た》ったある日、老人が現れた。

それが、浩帝《こうてい》であった。蒼国の皇帝は、名の一字を冠して呼ばれる。

その時はじめて、舅《しゅうと》であった浩帝の顔を見た。五十歳程度の年齢であるはずが、髪は白く、腰は曲がり、肌はくすみ、シワが深い。十も二十も、老いて見えた。

坤社院で弾いていた曲を、もう一度聞かせてほしい、と浩帝は言った。

なぜ浩帝が、坤社院にいたのかを不思議に思ったが、亡き皇后《こうごう》が行っていた寄進を続けるためだったと、あとで宦官《かんがん》に聞いた。皇后は、前年に亡くなっている。

玲枝が弾いていたのは、亡き人を想う曲だった。

妻を偲《しの》びたい、と言われては、断る術《すべ》がない。

その後、玲枝は自分が還俗《げんぞく》させられていたことを知った。いつの間にやら貴妃《きひ》の位まで賜《たまわ》っており、父は鎮西府《ちんぜいふ》の守将となっていた。兄は中央に官位を得ており、従妹《いとこ》たちは皇族との縁談が進んでいた。

玲枝は、曜都の天祥城《てんしょうじょう》に迎えられた。

住まいは、錦漢殿《きんかんでん》という建物だった。玲枝のために建てられたそうだ。絢爛《けんらん》たる住まいに、豪奢《ごうしゃ》な着物。眩《まばゆ》いばかりの宝飾品。浩帝は、玲枝に多くの贈り物をした。

なにが欲しい？　と聞かれる度、玲枝は、

「もったいないお言葉でございます」

と繰り返した。

政務をおざなりにし、汪家だけを重く用いる浩帝を、諫《いさ》める者もあった。

正面から批判した第十皇子の柏親王は、その後謀反《むほん》を企《たくら》んだとして毒を賜っている。

浩帝の愛は、留まることを知らなかった。

錦漢殿の食卓は、常に山海の珍味で埋め尽くされていた。

とはいえ、慎み深い女は、異性の前では鳥が啄《ついば》むほどしか食べぬものである。四六時中、浩帝がいる環境では、ほとんど口をつける機会がない。

ただ、一つだけ。

慎みを忘れるほど、手の止まらなかったものがある。

茘枝《ライチ》、という南方の果実だ。

「茘枝が、好きか？」

「はい、皇上《おかみ》」

「そうか、好きか」

その後、茘枝は毎日食卓に上がった。

そして――玲枝が入宮してから五年が経とうかという頃。

姜玄昭《きょうげんしょう》、という男が、反乱を起こした。

彼は、長塞《ちょうさい》の外、遠い異国と取引をする西域《さいいき》商人だった。長年の腐敗政治により、国境の長塞を守る鎮西府は弱体化していた。賊《ぞく》が組織化し、治安は悪化。姜玄昭は、人の命と財を守るために私兵団を立ち上げたそうだ。これを脅威《きょうい》と見なした国は、私兵団の解体令を出し、姜玄昭はついに挙兵に至った。すでに全国各地にできていた私兵団も、呼応するように次々と兵を挙げたのである。

春にはじまった反乱は、全国規模で広がったが、国は有効な手を打てなかった。秋になると、浩帝は曜都を捨てて逃げている。

逃げ込んだ千穂里《せんほり》の砦《とりで》で、宰相《さいしょう》が言った。

「陛下、かくなる上は汪貴妃に死を賜りますよう。民の怨嗟《えんさ》を収めるために、ご決断を」

なぜ自分が死ぬことが解決の手段になるのか、玲枝にはわからなかった。

浩帝は、玲枝の前に膝《ひざ》をついて言った。

「ある薬を飲んでもらいたい。数日、仮死状態になるものだ。目が覚めたら、私が迎えにいく。大丈夫だ。皇位は皇太子に譲り、私は隠居する。そこで共に暮らそう。お前のいない人生になど、意味はない」

石の棺《ひつぎ》のようなものの中に、玲枝は縄で縛られた上で寝かされた。

目隠しをされ、猿轡《さるぐつわ》を嚙《か》まされる。恐怖に身が凍った。

「ここにいる薬師《くすし》たちは、蒼国に仕える柯《か》氏の一族の者。安心して任せるがいい。すぐに会える。――私を信じよ」

そう言って、浩帝は去っていった。

石棺《せっかん》の周りに、その薬師らしき人の気配がある。

だが――到底、安心して任せられるような雰囲気ではなかった。

「この女が――一族の仇《かたき》か！」

「そうだ。浩帝が、この女の食べる茘枝を運ぶための道を作ったがために、柯邑《かゆう》は滅ぼされた！　同胞《どうほう》が五百余人も殺されたのだぞ。八つ裂きにしても飽き足らぬ！」

「だが、愚《おろ》かな女などになにができる。越世遡行《えっせいそこう》させる意味などあるのか？　それも、一族の壮士《そうし》でもない、ただの女だ。どうせ同じ過ちを繰り返すだろう」

「しょせん女だ。期待はできん。だが、汪家は一族郎党、百余人も殺されたのだ。いかに愚かでも、次の一生は、少しでも慎ましやかに生きようと思うはずだ」

男たちが、恐ろしい言葉を紡《つむ》いでいる。

恐怖が極まり、玲枝は縄で縛られながらもがいた。

猿轡が外され、口の中に、漏斗《ろうと》のようなものが入れられ、どろりと――松脂《まつやに》を煮詰めたような液体が流し込まれる。

(殺される――!)

死ぬ、と思った。――目が見えない。――いや、見えた。光が――

そして、目を開けると――そこに、桜の花が咲いていた。

――砦から見える山々は、禍々《まがまが》しいほど鮮やかに紅葉していたというのに。

(あぁ、夢を見てるんだわ、私)

目の前には、琴。遠くでは調子はずれな楽の音。

自分の手を見れば、記憶よりも小さい。

「――汪……玲枝か?」

声をかけられ、玲枝は後ろを振り返った。

あの――仙人がいる。

仙人の頭の位置は遥《はる》か高く、巨大に見えた。

「貴女は、美しい。――見る者すべてを惑わすほどに。だが……思慮が足りない」

だから、書を読め、という寝言を、この男はこれから言うのだろう。

積もり積もったものが、ここで爆発した。

すぅ、と大きく息を吸い込み、玲枝は三種の回答から外れた言葉を発した。

「冗談じゃない！　書を読んだって、部屋に閉じ込められて、挙句に坤社院に入れられたわ。だいたい、賢くなったらなんだって言うの？　発していいのは『はい、皇上』『左様でございますね』『もったいないお言葉でございます』、これだけ。私が賢かったらなにか変わった？　変わらないわ。だいたい、これ、私の問題？　私だけの問題？　説教なら、私の夫たちにしてよ。女から書を奪うなって。書を読んだ女を部屋に閉じ込めるなって。どこかの邑《むら》が滅ぼされたのだって、私のせいなの？　果物の好みなんて、ごく普通の会話よ。『好きか？』『はい、皇上』それしか言ってない。道を作ったのも、邑を滅ぼしたのも、私じゃない。どう考えても、果物の好みを答えた私より、果物を手に入れるために山と邑を壊して、人を殺す方が問題でしょう？　それでも私の思慮が足りないって言われるの？　文句があるなら、陛下に直接おっしゃいな。思慮が足りない？　書で賢くなれ？　竜に物が言えないから、蟻《あり》相手にお説教？　恥を知るといい。女一人の思慮が浅かったくらいで世が変わる方が異常なのよ。正すべきは世の方じゃなくて？　なんとかしたいなら、科挙《かきょ》でも受けたらいいわ！」

春爛漫の花の下。

汪玲枝は、生まれてはじめて心の内を吐き出していた。

第一話
稀代の悪女

「馬鹿《ばか》馬鹿しい！　こんな夢、さっさと終わらせてやるわよ！」

玲枝《れいし》は膝《ひざ》の上の琴を横によけ、サッと立ち上がった。

ちょうどいいところに、池がある。

過去に死者も出た深い池だ。その気になれば死ねる。馬鹿馬鹿しい夢も終わるだろう。

「早まるな！」

サッと仙人の腕が、行く手を遮《さえぎ》る。

玲枝は、死んだ。殺された。

仮死の薬だと騙《だま》され、毒薬を飲まされたのだ。

「私は死んだの！　このまま死なせて！」

「死んでなどいない！　今の今まで、琴を弾いていたではないか！」

「夢なの！　これは夢！」

「夢じゃない！　貴女《あなた》はたしかにここにいる！」

四阿《あずまや》を飛び出そうとする玲枝と、させまいとする仙人。

玲枝が「避《よ》けて！」と言えば、仙人が「させるか！」と遮る。

叫びながら、ややしばらく攻防を繰り返した。

はぁ、はぁ、と息のあがった玲枝に対し、仙人はびくともしていない。丈夫だ。

「これ、夢……じゃないの？」

「貴女は汪《おう》玲枝。桂州《けいしゅう》の汪刺史《しし》の三女だ。この世にこうして、たしかに生きている」

仮に、これが夢ではないとしよう。

すると――なんだというのだろうか。

（夢じゃないなら、私が子供の頃に戻ってる……ってこと？）

夢ならば、すぐに終わる。

夢でないのであれば、簡単に終わりはしない。

（冗談じゃない……もう一回、人生を繰り返せっていうの？）

望まぬ結婚を二回して、民に恨まれ、殺される。死の直前の、薬師《くすし》たちの言葉を信じれば、汪家は一族郎党、百余人が殺されたという。

黙れ。従え。抗《あらが》うな。拒むな。考えるな。言われるままに生きただけだ。

それを、思慮が浅い、愚《おろ》かと蔑《さげす》まれる。なんと空しい人生か。

「もう一回なんて、絶対に嫌！　無理よ！」

玲枝は、さっと仙人に背を向け、四阿から飛び出す。

ぐるりと四阿を迂回《うかい》して、池に向かった――が、やはり仙人に阻《はば》まれる。足腰が強い。

破れかぶれで突進したが、あえなく跳ね返されてしまった。かなり丈夫だ。

そこまで丈夫ではない玲枝の身体《からだ》は、ころりと転げる。

「なんという悍馬《かんば》だ！　本当にあの汪玲枝なのか？　黒千山《こくせんざん》の詩集『淡夢抄《たんむしょう》』では、絶世の美女で、風にも耐えぬ儚《はかな》さを冬の朝の淡雪《あわゆき》にたとえられた、あの――？　もしや別人か……そういえば、意外とぽっちゃりしてるな」

「ほっといてよ！　私は死ぬの！　こんな人生、二度と繰り返したくない！」

仙人は、万策尽きたと思ったのか、いきなり玲枝の身体を抱え上げた。

玲枝は「きゃあ！」と叫んで手足を思い切りバタバタと動かす。

暴れた拍子に、肩からかけていた灰色の薄絹が、ひらりと落ちた。

「死ぬな！　死なれては困る！」

「放っておいて！　馬鹿な女が一人死んだって、誰も困らないじゃない！」

「貴女に死なれると、国が滅びるんだ！」

まったく、意味がわからない。

小娘一人が死んだからといって、国が滅びるはずはないだろう。

すとん、と四阿に下ろされ、玲枝は「馬鹿馬鹿しい」と肩をすくめる。

「国なんてどうでもいい！　知ったことじゃないわ！　私は、二度もこんな――こんな惨《みじ》めな人生やってられないって言ってるの！」

仙人が、ごくり、と生唾《なまつば》を呑《の》んだ。

不躾《ぶしつけ》な視線に、玲枝の眉間《みけん》には深いシワが寄る。

「二度目……なのか？　本当に二度目なんだな？」

慎重な、そして緊張をはらんだ問いには、強い驚きがうかがえた。

「二度目だったら、なんなのよ」

「一度死に、気づいたらここにいた――ということだな？」

仙人は、玲枝の前に膝をつき、まじまじと顔を見つめている。

毒薬を飲まされて死に、気づいた時にはここにいた。

まったくもってそのとおりだ。過不足も嘘偽りもない。

（この人……何者なの？）

わけのわからない男の正体が、にわかに気になってきた。

この仙人は、少なくとも子供ではない汪玲枝という人物を知っている――らしい。

なんとかという詩人の、なんとかという詩に書かれていたという形容は、生前何度も受けている。儚い、淡雪のようだ、風にも耐えぬ、と。

現在の玲枝は、まだ幼い。縁談に向けての食事制限をされていないので、ふくよかな時期だ。色艶《いろつや》もいい。今の玲枝を、儚い、という人はいないだろう。

「ええ、そう。二度目よ。まさか……貴方《あなた》もなの？」

「あぁ、そうだ。いつからだ？」

「いつからって……ついさっきよ。毒を飲まされて――」

あの松脂《まつやに》を煮詰めたような味を、思い出してしまった。

玲枝は不味《まず》いものを口にした顔になり、同時に仙人も同じような顔になる。

「とても不味い毒だな？」

「そう、とても不味い毒。殺されたと思った。でも、気づいたら、貴方がそこにいたの。子供の頃に見たのと同じに。貴方に会うのも、二度目」

仙人は「中身は年増か。どうりで気が荒いと思った」と余計なことを言いながら、先ほどの攻防で乱れた着物を、几帳面《きちょうめん》に正した。

「それなら話が早い。貴女の息子が――陶焔明《とうえんめい》が、国の危機を救うんだ。まだ乳飲《ちの》み子のうちに死に別れているだろうから、実感は湧かないかもしれないが」

「……待って。ちょっと待って」

「長塞《ちょうさい》を越えてやってくる西戎《せいじゅう》を討ち果たし、国を救う。彼は、救国の英雄だ」

まったく意味がわからない。

陶氏は、現在の中原《ちゅうげん》を治める、蒼《そう》国を建てた一族の姓だ。玲枝の夫は、どちらも陶氏である。仮に、玲枝が夫の子を産んでいれば、陶氏になっていたはずだ。

しかし――そもそも玲枝は、子など産んだ覚えがない。

「私、子供なんて――ねぇ、ちょっと待って。貴方、いくつ？　仙人様」

「二十歳だ」

「私は二十五歳」

「……そうか」

仙人は、怪訝《けげん》そうに眉を寄せる。

玲枝は、手を隠した袖《そで》で自分を示して「年上」、次に仙人を示し「年下」と言った。

はじめて彼に会った時、若者はとても美しく見えた。神秘的なほどに。しかし人生二度目の玲枝の目には、素朴《そぼく》な若者にしか見えない。

「わかる？」

「……わかりました」

意図は伝わったようだ。玲枝は鷹揚《おうよう》にうなずく。

四阿の椅子《いす》にゆったりと座り、どうぞ、と仙人にも席を勧める。

仙人は「失礼します」と断ってから、腰を下ろした。呑み込みが早い。

「続けて。――とにかく、私には子供はいないの」

「まさか！　そんなわけがな――ありません。陶焔明は、汪玲枝の息子です」

「いないわ。本当にいない――っていうか、貴方、なんでそんなこと知ってるの？　私の子供が仮にいたとして――その、西戎を倒したのだって、子供が成人した頃なら二十年は先の話でしょう？　貴方、いつ、どこから来た何者？」

「私は――柯《か》氏の一族です」

柯氏。その響きを、玲枝は死の直前に聞いている。陶家に仕える薬師の一族のはずだ。

「……それ、私を殺した人たちの名よ」

口の中に流れこんできた、あの強烈な味をまた思い出し、顔が歪《ゆが》む。

つられたのか、仙人もまた同じ顔になっている。

あの毒が、浩帝《こうてい》の命によるものだったのか、柯氏の独断であったのかはわからない。しかし、直接手を下したのが、柯氏の薬師であることだけは間違いないのだ。

「そんなはずは……待ってください、今、年齢をいくつとおっしゃいました？」

「二十五歳よ」

仙人が眉をグッと寄せ「もしや、サバを……」と言い出したので、不機嫌に「違うわ」と返しておいた。

「おかしい。貴女は世の恨みを買い、国を傾け、姜玄昭《きょうげんしょう》の反乱を招いた元凶として――」

「そこまで言わなくていいじゃない。言いすぎよ」

玲枝は苦情を言ったが、仙人は気にせず先を続けた。

「反乱の元凶として、二十五歳の時に千穂里《せんほり》の砦《とりで》で浩帝より死を賜《たまわ》った――ことになっている。しかし、実際は仮死状態で柯邑《かゆう》へ逃れ――その三年後、死亡するんです。乳飲み子を残して」

玲枝は、目をぱちくりとさせた。

「でも、その千穂里で死んでるわ、私。ここにいるもの」

「そんなはずは……ない……と思うのですが――」

「皇上《おかみ》は、仮死の薬だとおっしゃってはいたけれど。……じゃあ、あれは柯氏の薬師が、独断で飲ませる薬を替えてたってことよね？」

「……おかしい。それでは、陶焔明が生まれないことになる」

仙人は、しきりと首を傾《かし》げている。

（私が二人いる？　まさか。でも、どっちかっていうと私が二人なんじゃなくて……仙人がいた世と、私がいた世と、世界が二つあるみたい――）

お互いに、嘘《うそ》をついているとも思えない。

仙人のいた世界と、自分のいた世界は違う。――とでも考えなければ、辻褄《つじつま》が合わない。

今、自分たちが存在しているこの世界も、その二つとは別であるはずだ。

仙人だけが知る世界、玲枝だけが知る世界、そして今二人がいる世界、の三つの世を区別する必要がある。

「じゃあ、仮に……貴方のいた世界を、第一世とするわ。私がいたのが、第二世。そして、今ここが第三世。それでいい？」

「はい。私は第一世の蒼暦七一六年に生まれ、七三六年に、第二世に来た――つもりですが、貴女の言う第二世の記憶は、まったくありません。つまり、第一世から、まっすぐ第三世に来ている……ということになりますか……」

玲枝は、腕を組んで「うん」とうなずいた。

「夢でないとするならね。お互いに、ああだった、こうだった、そんなはずはない、まさかって言い合うのも不毛だし。いったんそう考えたら、話がしやすいじゃない？」

「わかりました。そうと仮定して話を進めましょう」

仙人も、腕を組んでうなずく。

「ええと……私が死んだのが、第二世の六九五年だから――今、何年？」

「六七八年です」

「じゃあ、私は八歳ね」

仙人が、驚いたような顔で玲枝を見ているので「なに？」と尋《たず》ねる。

「あぁ、いえ。女人《にょにん》も計算ができるのだな、と思って」

一瞬、きょとんとしてしまったが、次第に、腹が立ってきた。

笑顔でやり過ごそうと思ったが、下瞼《したまぶた》を多少上げるので精一杯である。

「むしろ、なんでできないと思ったか知りたいわ。――あぁ、いえ、やっぱり知りたくない。次、同じことを言ったら、池に飛び込むから。覚えておいて」

「すみません……口が滑りました」

素直に仙人は謝った。

悪意はないのだろう。きっと素直な心で、女は馬鹿だと思っているに違いない。

「話を戻すわ。貴方は五十八年遡《さかのぼ》ってここに来た。……その、柯氏の薬を飲んだのね？」

「はい。自《みずか》ら志願して飲みました。柯邑と、同胞《どうほう》を救うために」

「貴方に本を渡された第二世では、私は二十五歳で死に、救国の英雄は生まれていない。だから、西戎の侵攻に抗しきれず、国が滅びたかもしれない……ってことね？　ちなみに、その柯邑も滅びてたみたい。私が仮死の薬を毒に替えられたのは、それが理由だった。お前の茘枝《ライチ》のために邑《むら》が滅ぼされた……って彼らが言ってたから」

柯氏の薬師たちの怨嗟《えんさ》の声が蘇《よみがえ》り、玲枝は額《ひたい》を押さえてため息をつく。

縄で身体を縛られ、石棺《せっかん》に入れられた状態で聞く、恨みの言葉。思い出すだけで、肌が粟立《あわだ》つ。彼らの言う殺戮《さつりく》に関わっていたのかと思えば、恐怖は一層大きくなる。

「恨みは当然です。汪貴妃《きひ》は、一族に深く恨まれていましたから」

「私が邑を滅ぼさせたわけじゃない！　知らなかったのよ！」

「貴女が茘枝を好んだせいです。浩帝は、貴女のために道を作り、その妨《さまた》げになった柯邑を焼き払い、千人いた一族の半数を殺しました。生き残った者たちに、恨むなという方がおかしい。……止めるつもりでした。だが、私は同胞を守れなかったのですね」

仙人は、頭を押さえている。

玲枝も、同じ格好で頭を押さえていた。

「守れなかったっていうか……悪化してない？　邑だけじゃなく、国まで滅びてるもの」

「悪化……そうですね、悪化しています。取り返しのつかぬ規模で」

第一世と第二世で、玲枝の死が三年早まったのは、まだいい。見たこともない子供も、惜しみようがなかった。

ただ――西戎の侵攻となると、話は違う。

父も死に、母も死に、一族は皆殺しにされたあとの話である。けれど、桂州は、汪氏が八代にわたって治めてきた土地なのだ。汪家に生まれた人間として、無視はできない。

「ちなみに、柯邑って、どこにあるの？」

「最初に柯邑があったのは、桂州と鄭州《ていしゅう》の境――どちらにも属さない、人目を避けた場所にひっそりと存在していました。焼かれたのちは、生き残った者たちだけで鄭州側に移動していきます……」

長塞は、桂州の西隣・鄭州に接している。西戎が長塞を越えたとすれば、間違いなく蹂《じゅう》躙《りん》されている場所だ。彼らの機動力は、中原《ちゅうげん》の兵の比ではない。

この仙人は、同胞を守らんとして守り切れず、さらに多くの民を殺す結果を招いてしまった――らしい。

「で、でも……国が滅びるところは、誰も見てないわけでしょう？　必ずしも、そうなるとは限らないじゃない。そうよ！　無事かもしれないわ！」

「西戎の侵攻がはじまってから、陶焔明が鎮西府《ちんぜいふ》の守将として長塞に向かうまで、二カ月。この間に、桂州を含む三つの州が攻撃を受け、犠牲者は八千人に及びました。陶焔明の軍略は、騎馬民族の機動性を上回る奇抜なもので、のちの世に軍神とまで呼ばれています。他の誰かに同じことが成せるかといえば、難しい。犠牲者は間違いなく何倍にも膨れ上がったでしょう。陶焔明の活躍があってさえ、浩帝、楡帝《ゆてい》と、暗愚《あんぐ》な皇帝が二代続いた国は、大きく衰《おとろ》えていました。姜玄昭の出現ののち、各地の私兵団の軍閥《ぐんばつ》化も進んでいた。想像に過ぎませんが、蒼国が存続した……とは楽観が過ぎるかと」

　仙人は、苦悩を表情ににじませていた。

　玲枝には想像もつかないが、深い絶望がうかがえる。

（この人、第二世では一体なにをしたの？　なにをしでかしたら、そんな大惨事《さんじ》が起きるわけ？　余計なお世話だけど、なにもしない方が世のため人のためだったんじゃない？）

　玲枝は、第二世において彼のしたことを知らない。春の四阿で本を渡されたきり、彼には会っていなかった。

「それで……貴方は五十八年も遡ってなにをするつもりでいたの？」

「貴女が、賢くなればと思ったんです」

「それはわかったけど。他は？」

「いえ、特には」

　玲枝は、ぽかんと口を開けていた。慎《つつし》みなど、もはや忘却の彼方《かなた》だ。

（信じられない）

　歴史を変えるつもりがあって、五十八年も時間を遡っておきながら、やることが八歳の女児に書を与えることであったとは。正気とも思えない。

「……あの毒を飲んだあとって、飲んだ人はどうなるの？」

「死にます」

ざわり、と悪寒が走る。

命を捨ててまで、歴史を変えるために彼はやってきたらしい。

「わかった上で、飲んだのね……」

「はい。それが、私の責務だと思ったからです」

玲枝には、さっぱり意味がわからない。

仙人の目に、まったく迷いがない点も理解不能だ。

「そこまでするなら、もっとなんか……なかったの？　私に書を渡すより、皇族とか――国の中心にいる人に近づければよかったのに！」

「それは――その……できないのです。越世《えっせい》は――星砕散《せいさいさん》という薬で行います。それを、山の清水を沸かした湯で溶いた……あの、不味い毒です」

二人は、揃《そろ》って、不味いものを食べた顔になる。とにかく、あれは不味かった。

「越世……そういえば、柯氏の薬師がそんなこと言っていたわ」

「はい。越世遡行《そこう》、と呼んでいます。異なる世と世を跨《また》ぎ、時を遡って移動しますので。通常は、本人から本人にしか入れないものです。つまり、遡行可能な時間は限られる」

玲枝は、自分の手を見た。

小さい。しかし、自分の手だ。形や質、薬指の付け根の二つの黒子《ほくろ》。見慣れた自分の手であることは間違いない。幼い頃の自分に戻った感覚である。多少ぽっちゃりしているのは、この頃の玲枝が、果実や菓子を好んでいたからだ。

「我ら柯氏一族の壮士《そうし》が行う越世では、個体の壁を越え得るのです。自分が生まれる以前の、柯氏の一族を宿主にできる。もちろん、条件はあります。選ばれるのは、地理的に移動距離の少ない、より濃い血縁者から。縁の深い者が集まれば集まるだけ、宿――駅、のようなものだと思ってください。宿の要素が濃くなると言われています。私の場合、この第三世で目覚めたのは、滅ぼされる前の柯邑でした。血縁者が多くいましたし、私が住んでいた頃の柯邑からも、そう遠くはありませんでしたから。貴女の場合は、私との接触が宿の条件になったものと推測できます」

「赤の他人なのに?」

「あぁ、それは……時渡りを体験した者は強い宿を作るので、そのせいでしょう」

今、この時、この場所に自分がいるのは、仙人との接触が鍵になっているらしい。第二世において、接触はこの一度きり。徹頭徹尾《てっとうてつび》、無茶苦茶な話のようにも思えるが、最低限の筋は通っている気もする。

「曜都《ようと》の天祥城《てんしょうじょう》で薬を飲めば、国の中心人物の中に入れる……ってわけにはいかないのね。

血縁者がいない限りは」

「それは……はい。そうです。私は、肉体条件の近い血縁者を宿主にしています。厳密に言えば、貴女も本人ではなく、第三世の汪玲枝を宿主にしている」

　ハッと息を呑み、玲枝は自分の身体を抱き締めていた。

「もしかして……これ、戻れないの？」

「はい。不可逆です。死ぬまで、その身体は貴女のものだ」

　仙人の言葉は簡単で、しかし真実味があった。

　今、玲枝の目に仙人は若者に見える。第二世で会った時は大人に見えた。感覚は、完全に二十五歳の自分のものである。

　乗っ取った――つまり、宿主を殺し、我が物にしたということだ。

（この身体は、私のものじゃない……私が、私を殺し、身体を奪ったんだわ……）

　玲枝はなにも知らぬまま秘薬を飲まされて、ここにいる。転ばされ、花を踏み潰してしまったようなものだ。それでも、罪悪感を持たずにはいられない。

　しかし、仙人は違う。自ら秘薬を飲み、身内の身体を乗っ取ってここにいる。そこに花があると認識した上で、踏んでいるのだ。

　仙人の悲壮な表情には、強い覚悟がうかがえた。

「そこまでして、私に書を読ませたかったわけ？」

「稀代《きだい》の悪女さえいなければ、我らの邑は守られたのです」

「……そんな言い方ないじゃない」

玲枝は、自分を悪女だと思ったことがない。

なんの罪も犯してはいないからだ。

政治を壟断《ろうだん》するでもなく、人も殺させてはいない。ただ「はい、皇上」「左様でございますか」「恐れ多いことでございます」と繰り返していただけだ。

「貴女が悪女でなくて、なんだというのです。貴女が好む茘枝を運ぶため、作られた道は柯邑を潰し、半数の同胞が殺されました。汪貴妃の贅沢《ぜいたく》は留まることを知らず、黄金の宮殿をいくつも建てさせ、池を酒で満たした。忠臣を退《しりぞ》け、汪一族は権力をほしいままにし、国は大きく衰えた。それだけではない。汪貴妃は姦婦《かんぷ》です。楓《ふう》皇子の妻でありながら、その父親とも通じた。悪女は浩帝を惑わし、国を傾けたのです」

違う、と言いたい。

玲枝のために建てられた宮殿は一つだし、黄金でもなかった。浩帝も玲枝も、酒は瓶子《へいし》に一本か二本程度しか飲まない。琴が聞きたい、亡き妻を偲《しの》びたい、と亡き夫の父親に言われ、断れなかった。それだけだ。それでも姦婦と罵《ののし》られねばならぬのか。

しかし——いったん、反論は呑み込んだ。

「少なくとも、それは書を読んだかどうかの問題じゃないわ。むしろ、そのせいで、婚儀の日から部屋に閉じ込められて……夫の葬儀にさえ出ていない」

玲枝は、なにもしていない。なにもできなかった。

それはいくら書を読もうとも、変わりはしないだろう。浩帝の政治に、玲枝の意思が関わったことなど、一度もないのだから。

「貞女《ていじょ》ならば、夫のあとを追う道もあったでしょう」

仙人は、まっすぐな目で玲枝を見て言った。

耐えるつもりだったが、我慢ならない。

「本を取り上げ、部屋に閉じ込めた夫に殉《じゅん》じろって言うの？」

「葬儀にも出ていないのは、すでに浩帝と通じて——」

「閉じ込められてたの！　舅《しゅうと》の姿を見たこともなかった。夫が死んだあとは坤社院《こんしゃいん》に送られてる。髪だって落としたわ！」

「浩帝に招かれ、応じたではありませんか！」

仙人は、玲枝を悪女だと決めてかかっている。

悪女だから、夫の生前から浩帝と通じていたに違いないと言っているのだ。

そうではない。浩帝に召されるまでの経緯は、騙し討ちでしかなかった。

「じゃあ、貴方なら断れるの？　亡き妻を偲ぶために琴が聞きたいと舅に言われて……断れる？　それでも死ぬべきだったと言うの？」

夫が死んだなら、死ぬべきだ。

舅に琴を所望されたなら、死ぬべきだ。

そんな馬鹿な話があるだろうか。

「死ねば、操《みさお》は守られました」

「馬鹿馬鹿しい。妻を閉じ込める夫に罪はないの？　道士を後宮に招こうとする男は悪くないの？　惑わした私の罪？　私は琴を弾いていただけなのに！」

「色香で、浩帝を惑わしたではありませんか！」

「髪を落とした道士が、老人に色目なんて使うわけないじゃない。よく考えてよ！」

あまりにも、理不尽な言いがかりだ。

道士が、妻を偲びたいという老人相手に琴を弾くのまで、色目と言われてはたまらない。

「し、しかし、色で惑わし、親類を優遇させたはずです」

「私だって優遇は断ってるわよ。『もったいないお言葉です』って。そうしたら、奥ゆかしいだの、控えめだのって、ますます優遇されるの。死ぬべきだった、って簡単に言うけど——待ってよ。私が死んだら国が滅びるんじゃないの？」
仙人の言うことは、まったく矛盾《むじゅん》している。
死ぬべきだった。しかし子は産むべきだった、というのだから。
「それは——」
悪女が国を傾けた。
悪女は愚かだ。
悪女を正せば国は傾かずに済む。
すべての罪を玲枝に被せ、その周囲を透明にしているだけだ。
「教えて。私はなにをすればよかったの？」
その問いは、仙人の目に迷いを生んだ。深く黒い瞳が、揺れていた。
「……少し、考えさせてください」
重いため息をつき、仙人は頭を抱えた。
玲枝も、重いため息をつく。
沈黙の間に、遠い喧噪《けんそう》が聞こえてきた。
——家族が、すぐそこにいる。
今は、宴《うたげ》の最中だ。

父がいて、母がいて、嫁ぐ前の姉たちもいる。弟も。

この日は、兄も一人、戻ってきていた。叔父や従兄《いとこ》が来ているはずだ。——反乱の中で命を落とす、縁者たちが。

(どうすればよかったって言うのよ……！)

自分は、どこで、なにを間違ってしまったのだろう。

浩帝に見初《みそ》められた時、両親は喜んだ。

多くの優遇を受ける度、一族は喜んだ。

その裏に溜まっていく憎悪を、想像できなかったわけではない。

しかし、玲枝には浩帝を諌《いさ》める力などなかった。諌めた親王《しんのう》は、謀反《むほん》の罪を着せられ、毒を賜っている。

ひらり、と花弁が袖の上に落ちた。

その拍子に大事なことを思い出し、玲枝は、パッと立ち上がる。

「どうしました？」

「その行李《こうり》を、蔵の納屋に運んでちょうだい」

「え……わ、私がですか？」

さも、自分の仕事ではない、とばかりの顔を仙人は見せた。

「他に誰がいるの？……ここまでは、貴方が運んできたんでしょう」

「……わかりました」

仙人は、渋々といった様子で行李を抱える。

小さく「人使いが荒い」と苦情を言ったのが聞こえたが、聞かなかったことにした。

どうせ、さすが悪女だ、とでも思っているのだろう。

「早く！　急いで！　見つかってしまう！」

「はいはい、わかりました」

仙人のやや投げやりな返事を聞き流し、玲枝は四阿を出た。

──夢だったらよかったのに。

そんな言葉がよぎったが、もう玲枝も気づいている。これは、夢ではない。

だからこそ、願わずにはいられない。夢であればよかったのに、と。

遠くで聞こえる底抜けに明るい歌は、ひどく空しく聞こえた。

母屋《おもや》の東の外れに、大きな蔵がある。

玲枝は、その東側から小さく飛び出した納屋の前に立って「ここよ」と仙人に示した。

「ここは？」

「蔵の納屋。蔵には鍵がかかってるけど、ここは自由に出入りできるから、兄たちが隠れ家にしてた。もう家を出てるから、今は私だけの場所よ」

ぎぃ、と音を立て、古い扉が開く。

見た目はくたびれているが、内部は小さいながら、蔵と同等の機能を備えている。棚も据えつけられているので、本をしまうのにはちょうどいい。第二世でも、仙人の本を運び込んだ場所だ。

「本が……これも、兄上たちが？」

どさり、と行李を下ろした仙人は、納屋の棚を見上げて驚いていた。

「ええ、兄たちが残していったのを、こっそりここに運んだの。今は私のものよ」

仙人が腕を広げたほどの大きさの本棚の、半分ほどが本で埋まってる。玲枝の宝物だ。

懐かしさに、目を細める。この納屋で過ごす時間は、かけがえのないものだった。

「……私の選んだものと、被っていますね」

仙人は、一冊一冊、本棚に並ぶ本を確認しだした。

「そうでもなかったわ。被っていたのは、三分の一くらい」

玲枝は、本を棚に並べはじめた。

「なぜ、内容を——あぁ、そうか第二世の時に読まれたから、ご存じなのですね」

「でも、大変だったわ。私じゃ、あの量の本は運べないから。……もうすぐ、小玉《しょうぎょく》が――侍女《じじょ》が私を呼びに来るのよ。行李を長椅子の下に隠して、誤魔化《ごまか》すのに必死だった」

「見つかると、まずいのですか」

はぁ、と玲枝はため息をついた。

「私の話聞いてた？　取り上げられるのよ。部屋に閉じ込められたり、琴を取り上げられたり、正月の廟《びょう》への参拝も許してもらえなくなる。でも、両親はまだマシよ。楓親王みたいに、二年も閉じ込めたりしなかった。叩頭《こうとう》させられたり、食事を抜かれたり、泥をかけられたりもしなかったから」

玲枝が言うと、仙人は書棚と行李を交互に見た。

「……もしや、私が渡した本も読めなかったのですか？　だから、第二世で失敗を――」

「違う。それは断じて違うから。本も読めたわ。でも、二日後に雨が降るのよ。運びきれなくて、読めなくなった本があっただけ。……本自体は、いつでも読んでたわ」

「本が……お好きですか？」

「好きよ。刺繍《ししゅう》よりずっと好き。あ、これ……『洞漢史書《どうかんししょ》』。よかった、読めるわ！」

第二世では、雨に濡れて読み取れなかったものが、今度は無事に入手できた。

我が身に起きた、とんでもない状況と比べれば小事だが、喜びはある。

だが、すぐに表情は曇《くも》る。前回読めなかった本のうちの一冊は、夫に殉じた貞女の物語だ。辟易《へきえき》しつつ棚に収めたが、次の一冊も、ほぼ同じ。こちらは、善なる王に城を傾けさせた悪女が、目覚めた悪王に殺される話。仙人の思惑が透けて見える。

苛立《いらだ》ちを抱えつつ、本を並べていた手が——ふと、止まった。

（……私、本当にこれから、人生をやり直さなくちゃいけないの？）

玲枝は、平凡な娘だ。

いかに容姿が非凡でも、中身はごく常識的な感性を持ち、良識を愛する娘だ。

悪女になど、なりたくてなったわけではない。

（もう一度、悪女として殺されるってこと？）

ぞっと背が寒くなる。

死の直前の恐怖が、玲枝の身体を強張《こわば》らせた。

「ずっと……恥じていました」

仙人が、ぽつりと言葉をこぼす。

怯《おび》えに気づかれたくなくて、玲枝はやや大袈裟《げさ》に肩をすくめる。

「八歳児に、抱えきれない荷物を置いていったことを？　まぁ、ちょっとは反省してほしいけど、恥じるとまでは——」

「違います。――貴女の、孫であることを」

ぐさり、と胸が、鋭いなにかで貫かれた。

――恥。

なんと重い言葉だろう。

重く、苦しい。しかし、続く一言もまた、重かった。

（え？　待って。今、なんて……？）

仙人の告白に、玲枝は戸惑う。

「……孫……って、言った？」

「はい。私は、貴女の孫です。陶圭蓮《けいれん》。救国の英雄だった、陶焔明の息子です」

慎め。口答えは恥。父に逆らうのは恥。夫に逆らうのも恥。舅に逆らうのも恥。

玲枝の人生は、慎みをもって恥から逃れるためだけにあった。恥を避け、避け、避け続け――その挙句が、これなのか。

「恥じたから……貴方はここに来たの？」

孫だから――恥じた。

孫だから――愚かな祖母に、書を渡すために命を捨てた。

「ええ。私は、悪女の孫であることを恥じたから、ここに来たのです」

鋭い痛みに耐えかね、玲枝は胸を押さえた。

「で、でも……私の息子が英雄なら、貴方は英雄の息子じゃないの？」

「たしかに、父は偉大な救国の英雄です。しかし、その功績を正しく評価されてはいません。……悪女の息子でしたから。生涯冷遇は続き、ついに楡帝から謀反を疑われ、死を賜っています。私は幼かったので罪を逃れましたが、柯邑でひっそりと、人に後ろ指をさされながら生きてきました。せめて、貴女がもう少し賢ければと……」

玲枝は、拳《こぶし》を握りしめた。

「それも……私のせいなの？」

玲枝の手は、本をつかむ前に強く握りしめられた。

「当時、柏《はく》親王は謀反の疑いありとして公職を追放され、柯邑に隠棲《いんせい》していました。その柏親王との不義の噂《うわさ》があったのです。夫の父と通じたばかりか、夫の弟とまで通じていたのですから、姦婦の誹《そし》りは免《まぬが》れません。貴女の死後、浩帝は柏親王を謀反人として処刑しています」

「まさか……不義なんて！　私が？」

玲枝は、自分が不義を犯すなど想像がつかない。

なぜならば、悪女ではないからだ。

（嘘。嘘よ、そんなの。私がそんなこと……するわけがない！）

握りしめていた手は、わなわなと震えた。

「貴女だから、ですよ」

稀代の悪女・汪玲枝ならばやりかねない――いや、やったに違いない。

世の人の多くがそう判断した、と仙人は言っている。

「そんな……」

「私は、悪女の不義から生まれたのです」

玲枝は、目を閉じた。

してもいない不義ゆえに、自分の孫は命を擲《なげう》つほどに追いつめられたのだ。

今、ここで玲枝が反論したところで、意味はない。

恥、という言葉が、じわじわと玲枝の心を蝕《むしば》んでいく。

「しかし、ここに来て目が覚めました。いかに悪女とはいえ、女人一人ができることなどたかが知れている。……よく考えてみれば、当たり前の話だ」

「そうね。私もそう思うわ」

複雑な感情を処理できず、玲枝は重いため息をついた。

「星砕散――遡行の秘薬は、私が完成させました」

「貴方が？　貴方も、柯氏の……薬師なの……？」

「私は父の死後、柯邑で育っていますから。一族は皆、柯氏ですし、全員が薬学を学ぶのです。私は……秘薬の製作に人生を捧げてきました。星砕散は、貴女が生まれる前に絶えた技術です。一族の薬師の多くが、復活を悲願としながら叶えられずにいた。貴女の第二世の死亡段階では、存在しているはずがない。完成は七三六年。今から五十八年後。恐らく……第二世では、私が、一族の誰かに製法を託したのでしょう。そうでなければ、貴女が遡行できた説明がつかない。——これを、持っていてください」

仙人は、帯に差していた竹簡《ちくかん》を取り出した。

警戒しつつ受け取り、カラカラと開けば、文字——らしきものが書かれている。

酔った仙人の千鳥足《ちどりあし》を、そのまま描いたかのようだ。まったく読めない。

「なに……これ」

竹簡の向きを様々に変えてみたが、やはり読めない。さっぱりだ。

「柯邑に伝わる古文字です。ここに星砕散の製法が書かれています。いつか私の一族に関わった時、その意志があれば渡してください。私は、第三世で柯邑に二カ月ほどいましたが、彼らにこの竹簡を渡していません。自分が何者かも伝えていない。やり直したくなったら、彼らを頼るといい。あとはお好きに」

仙人は、くるりと背を向ける。

この納屋から去る気でいるらしい。玲枝は、慌《あわ》てて止めた。

「待って！　いろいろ……聞いておきたいことがあるの！　第一世では――」

「答えられません。人は本来、未来のことなど知らぬまま生きるものです」

知りたい。第一世の情報を、もっと知りたい。

その後、姜玄昭の反乱はどうなったのか。自分はいかにして死んだのか。

知りたい。しかし、強い衝動と同じだけの強さで、仙人の理屈も理解できた。

仙人はこれ以上、なにを言うつもりもないのだろう。固い決意が、表情に出ている。

「……わかった。もう聞かない」

なにも問えない以上、仙人がここにいる意味は消えた。

別れの時だ。避けがたいものであると、玲枝は空気で感じ取る。

「滅ぼされる前の柯邑は、桂州の鄭州との境、戴宝山《たいほうざん》の奥にあります。私が乗っ取った身体の主は、柯弘徳《こうとく》。そう伝えていただければ、話の通りが早いでしょう。あぁ、そうだ。一つ、忠告を。――ご自身が遡行者だということは、くれぐれも内密に」

「誰にも明かさないようにするわ。それで……これから、どうするつもり？」

「せっかく第二世の失敗を知れたのですから、思いつく限りのことをやり尽くすつもりです。貴女は気にせず、浩帝に愛され、子を産んでください。それならば女人にもできるはず。どうか恥の少ない人生を送っていただきたい。あぁ、――くれぐれも、茘枝が好きだ、とだけは言わないように。柯邑は、それだけで守れますから」

丁寧な礼をもう一度したあと、仙人は納屋を出ていった。

自分が小さいせいか、仙人が大きかったのか。狭いはずの納屋が、ひどく広く見える。

(行ってしまった……)

心細さと不安が、どっと押し寄せてきた。

ここからは、玲枝一人で二度目の人生を生きねばならない。

――同じ過ちを繰り返すだろう。

柯邑の薬師の声が、頭の中に響く。

(やっぱり……死ぬしかないじゃない)

玲枝は、手に持った竹簡を、お気に入りの赤い箱に入れた。

棚の下に赤い箱を置いてから、ふらりと納屋を出る。

美しい桜の花弁が、静かに舞い散っていた。

この世界は、玲枝が知る世界によく似ているが、別のものだ。

仙人の姿はすでになく、玲枝は八歳の姿で、独りだった。

空しい。そして、孤独だ。

国の未来のことなど、考える余裕はない。

足は、自然と池の方へと向かっていた。

ただ、ただ、一刻も早くこの人生を終わらせたい。

「あ！　いらした！」

その時――侍女の小玉の声がした。

懐かしい声だ。楓親王府での虐待《ぎゃくたい》は侍女にも及んだため、泣く泣く里へ帰らせた。玲枝にとって小玉は、ただの侍女ではなく、書を愛する同好の士でもあったのだ。涙の別れから七年が経っている。その姿もまた、懐かしい。

死のう、死ぬしかない、との決意が、急に揺らぎだす。

「奥様！　お嬢様がいらっしゃいましたよ！　ご無事です！」

「玲枝！」

庭木の間を、急ぎ足で母がこちらへ向かってくる。

懐かしく、慕わしい。胸がぎゅっと締めつけられた。

「母上……」

母は、姜玄昭の乱の中で殺されている。母だけでなく、一族郎党が。――悪女の縁者であったから。

だが、この世界では、まだ悲劇は起きていない。母は生きている。

「無事なのね⁉　悪い卦《け》が出たのよ。貴女が、とんでもない目に遭《あ》うと！」

母は、占いが好きだ。信じてはいないが、さすがにその一言には背筋が凍る。

「とんでもない……目ですか？」

「そうよ。死んでもおかしくないような恐ろしい卦よ。肩掛けが池に落ちていたから、生きた心地がしなかったわ。……あぁ、無事でよかった！」

母の占いは——珍しいことに——的中している。

母の娘は、死んだ。今ここにいる玲枝は、母の娘であって、娘ではない。

（……私が死んだら、母は本当に娘を失うんだわ）

たとえ悪女でも、母にとっては可愛《かわい》い娘だ。

いや、違う。まだ玲枝は、悪女ではない。

（そうよ……私、まだ悪女でもなんでもないわ。それなのに死んで解決って、変じゃない？　変よ、絶対！）

玲枝は、母の身体に、子供の腕でしっかりと抱きつく。

少し甘い、上品な香の匂い。この匂いに包まれるのが、好きだった。

母は、生きている。――まだ、悪女の母親ではないからだ。

（まだ悪女じゃない――いえ、私は、そもそも悪女なんかじゃない！　楓親王に嫁ぎさえしなかったら――浩帝陛下にも会わずに済めば、悪女になんか、なるわけがない！）

――愚かな女などになにができる。

――ずっと……恥じていました。

複雑にからまった呪いの言葉が、縄となって玲枝を縛る。

しかし、その心の縄を、玲枝は引きちぎった。

（次は、間違わなければいいのよ！）

人生の岐路は、わかっている。

この邸《やしき》で、楓親王に見初められた時。

坤社院で、浩帝に見初められた時。

その、二つさえ避ければ、悪女にならずに済むのだ。

（それに、あの竹簡さえ柯氏に渡せれば――何度だってやり直せる。死ぬのは、失敗したとわかってからでいい）

玲枝の目の前に、光が射している。

間違うかもしれない。失敗するかもしれない。けれど、何度か繰り返せば、いつか柯邑も滅びず、家族も殺されない、国も滅びない未来にたどりつける——かもしれない。

すべてが悪女のせいだというならば、悪女にならぬ道を選べばいいのだ。

玲枝は、決して愚かでも、ふしだらでもないのだから。

(悪女になんて、なってたまるものですか！　何度やり直したって構わない！　絶対に、絶対に、どこの誰にも悪女と呼ばれない人生を送ってやる！)

あの竹簡さえあれば、なんとかなる。

あの竹簡さえあれば——

(必ずや、悪女の汚名を返上してみせるわ！)

——それから、八年。

十六歳になった玲枝は、呆然《ぼうぜん》と蔵を見上げている。

竹簡を隠した蔵は、燃えていた。

(なんで？——嘘でしょう？)

燃える蔵を前に、玲枝はなす術《すべ》もなく立ち尽くしていた。


——蔵が燃える、前日。

新緑の萌える、蒼暦六八六年の春。五月の終わりの頃だった。

朝に降った雨粒が、キラキラと輝く穏やかな午後。

ふわ、と玲枝は部屋の窓辺で欠伸《あくび》をした。

「まぁ、玲枝様ったら。欠伸なんてなさって」

玲枝の手元には、沓《くつ》がある。

沓の刺繍は、女の嗜《たしな》みとされていた。

縁談は足の成長が止まった頃に行い、同時に嫁入り道具の準備もはじめるものだ。沓の数は多ければ多いほどよく、刺繍は美しければ美しいほど望ましい。

この沓は、玲枝の嫁入り道具である。——縁談は、まだ決まっていないが。

「母上には内緒にして、小玉」

「もちろんですとも。お嬢様が、夜な夜な寝所に本を持ち込んで、遅くまで読んでいると露見したら、お叱りを受けるのは私でございますから」

小玉は、淡い萌黄《もえぎ》の糸を裁縫箱にしまいながら肩をすくめた。

「今、いいところなの。本を取り上げられたら困るわ」

「わかっておりますよ。それで、これからお熱を出されるんですね？」

「ええ、そう。熱が出るの」

ふふ、と玲枝は笑った。

小玉は、玲枝より八つ年上の侍女だ。八年前、中身が突然二十代になった玲枝の変化を、変わったお嬢様、の一言で済ます大らかさには助けられている。

(何度でも繰り返してやるとは思ったものの……二度目でも、十分つらいわ)

玲枝の魂《たましい》は、三十三歳。もし三度目の人生がはじまった場合、四十代になっている可能性もある。その時、正気を保っていられるのかどうか、不安でならない。

歳《とし》を取ると、億劫《おっくう》なことが増える。

とうに知っている刺繡の初歩。楽の指導。礼儀作法。こちらの幼さを前提とした日常のすべてが、苦痛だ。単純な会話も、無邪気さを装わねばならない。四六時中続ける子供のふりは、決して容易ではなかった。

しかし――運命の時は、刻一刻と迫っている。億劫だ、とも言っていられない。

(あと半月で、楓親王が邸に来る)

あれが、悪女への第一歩だった。

楓親王は、雨宿りをしにこの邸へ立ち寄る。

それと知らず、父に頼まれるまま四阿で琴を弾いたのは、紫陽花《あじさい》の咲く頃だった。

この第三世では、まだ庭の紫陽花は咲いていない。だが、間もなくだ。

――悪女回避のために、なにをすべきか。

第一に、楓親王と浩帝から可能な限り距離を取ることだ。

いっそ桂州から出ずに人生を終える、地方官の妻になってはどうか、とも考えた。

だが――できなかった。

身体が、拒むのだ。

父は時折、玲枝に四阿で琴を弾かせようとした。

あれは庭のどこかで、客に玲枝の姿を見せるためであったらしい。「美しい！」「運命だ！」と若い男の声が茂みから聞こえた時、はじめて気づいた。

全身が粟立つほどの嫌悪に襲われ、以降は仮病を通している。

「さ、そろそろお熱が出て参りましたか。寝室へお戻りを。……でも、お嬢様。もう少し、お食事を召し上がっていただきませんと。本当の病人のようですわ」

「そうね。……気をつけるわ。ありがとう」

玲枝は、寝室に移動し、牀《しょう》の上に腰を下ろした。

枕元の卓に、縫《ぬ》いかけの沓を置く。その拍子に見えた手首は、骨がくっきり浮かぶほど細い。――食事が、思うように摂れないせいだ。

春の四阿からはじまった二度目の人生には、気の休まる日が一日もない。

――時折、思う。

あぁ、茘枝が食べたい。あの甘い果汁で、喉《のど》を潤したい、と。

希少で高価な品であるから、簡単に手に入るものではない。――皇帝でもない限り。

望むものは口にできず、食は細くなる一方だ。

「それにしても――こうして仮病で逃した殿方が、お嬢様を幸せにする運命のお相手だったらどうなさいます？」

湯を張った盥《たらい》を運びながら、小玉が笑っている。

「運命の相手なんかじゃないわ」

「会ったこともありませんのに」

「……わかるのよ」

話したこともなく、人柄も知らない娘をのぞき見するような男が、運命の相手のはずがない。幸せなど望むべくもないだろう。

「都の高貴なお方かもしれませんのに！」

幸せが相手の身分の高さで決まるのなら、第二世の玲枝は、中原一の幸せ者だったはずだ。とはいえ、そんな主張を小玉相手にするわけにもいかず、肩をすくめるに留めた。

（さて……準備をしないと。仮病も楽じゃないわ）

小玉が部屋を出ていってから、湯を含ませた布で首を温める。

父が琴を求める度に、何度も繰り返してきた作業だ。

（同じ手で、楓親王からも逃げ切れるかしら……）

逃げ切れなかった場合は、恐らく楓親王に嫁ぐことになるのだろう。

その時は、二年の軟禁に耐えるしかない。

次に取れる対策といえば、夫の死後入る坤社院で、琴を封じることくらいだ。

（もう、いっそ今すぐ坤社院に入りたいくらい。でも……救国の英雄を産む可能性だけは、ギリギリまで残しておきたいわ）

子を産んだことのない玲枝には、いつか産む子の話はどこか遠い。

しかし、桂州を守らねば、という気持ちは変わらず存在している。その運命の子が、国を、桂州を、多くの民を救うのであれば、存在を拒むわけにはいかない。

（仙人が言うほど、事は単純じゃないのよ）

玲枝は――ある秘密を抱えている。

第二世から抱える、誰にも決して言えない、限られた人しか知らぬ秘密だ。

この秘密が枷《かせ》となり、玲枝の思考と行動を制限していた。

「また熱が出ただと？　この大事な時に！　どうなっているんだ、一体！」

部屋の外から、汪刺史の声が聞こえる。

最近の父は、仮病を使う度にこの怒りようだ。

楓親王が来た時は、この程度では済まないかもしれない。考えただけで、胃の腑《ふ》がキリキリと痛む。

（楓親王から逃げ切れないとわかった時点で、柯邑に竹簡を送ろう）

そう玲枝は思っていた。

竹簡さえあれば、たとえ間違ってもやり直しがきく――と。

しかし――今、蔵は、燃えていた。

目の前で、メラメラと。

第二世では、起きなかったことが起きている。

（あの竹簡がなかったら……やり直せなくなる！）

焼かれる邑、殺される何百もの邑人、惨殺《ざんさつ》される一族郎党。頭の中に、次々と浮かんでくる。そして、西戎に蹂躙される何千、何万もの人たちも。

――ずっと……恥じていました。

仙人の、あの言葉も、また。

「そんな……そんなことって……」

夜闇《よやみ》の中、蔵は赤々と燃えていた。

異変に気づいて寝室から飛び出し、裸足《はだし》のまま呆然と立ち尽くす。
──まだ、間に合うのではないだろうか。その可能性が、頭をかすめる。
竹簡があるのは、蔵の中ではなく、納屋だ。
火が回り切る前に、あの赤い箱だけを取ってくればいい。
玲枝が、納屋に向かって駆けだしたところ──
がしり、と強く腕をつかまれた。
「待て！」
その腕に、玲枝は力いっぱい抗った。
急がねば、間に合わない。急がねば──また悪女になってしまう。
「放してください！　蔵の中に──え？」
「今、飛び込めば死ぬだけだ！」
自分を抱きとめた青年の深い瞳と、玲枝の胡桃《くるみ》色の目が合う。
（……嘘……）
玲枝は、目をパチパチとさせた、
秀でた額に、涼やかな目元。高く細い鼻梁《びりょう》と、形のよい唇。
美しい青年──仙人がいた。桜舞う四阿での出会い同様、なんの前触れもなく。

(助けに来て……くれたの？)

感動に、玲枝の目は潤んだ。

「仙人！　よかった！　ありがとう！　気は利かないし、悪気のない見下しも腹立たしい人だけど、貴方なら助けに来てくれると信じてた！　本当にありがとう！」

「待ってくれ。……なんの話だ？」

「お願い、竹簡を持ってきて。あの日と同じ場所にあるから。……私がつらいのはいいの。苦しいのはいいの。耐えてみせる。何度だって殺されてもいい。私の家族が殺されずに済むなら、私のせいで邑が焼かれたりしないのなら、国が滅びないなら！　なんだってする！　だから――お願い、竹簡を持ってきて！」

言葉の最後は、悲鳴のようになった。

この八年、玲枝の正気を支えていたのは、やり直しの可能性だけだ。

「落ち着け。とにかくここで待つんだ。……素足ではないか」

「助けて――今回は失敗しても、またやり直せたら、貴方に恥じない人生を――ッ！」

いきなり、ひょい、と身体を抱えられていた。

仰天して、悲鳴も出ない。

代わりに、少し離れたところで「ひいぃ！」と小玉が悲鳴を上げていた。玲枝を追ってきていたらしい。

玲枝は、青年によって灌木《かんぼく》の間にそっと置かれた。

「ここを動くな。いいな？　話はあとで聞く」

今、頼れる人は彼しかいない。玲枝は、こくりとうなずいた。

「お願い。助けて――」

「力を尽くすと誓おう」

青年は、小玉に「頼んだぞ。沓を用意してやってくれ」と声をかけてから、池の方へと走り出した。

「な、なんなんですか⁉　あの方！――そんなことよりお嬢様、黙って寝室を抜け出すなんて！　いえ、やっぱりあの方はなんなんです⁉」

なんなんです、と言われて、孫です、とも言えない。

「仙人よ」

「仙人⁉」

しかたなく答えたところ、小玉は、のけぞるほど驚いていた。

「説明が難しいけど……とにかく、仙人なの。……きっと、助けてくれるわ」

「せ、仙人というのは、も、もしや、お嬢様の運命の――」

「違うわ。そんなんじゃない」

ある意味では運命の人だが、仙人は、恋や愛とは最も縁遠い存在だ。なにせ孫である。

孫でなくとも、あんな女を見下す男に、好意など持てるはずもない。

小玉はすっかり誤解をしていたが、そんなことはどうでもよかった。

蔵が、燃えている。汪家八代の宝を収めた蔵が。だが、それさえも、どうでもよかった。

どんな宝より、最悪の未来を避ける方が重要だ。

(こんなところで、じっと待ってなんていられない!)

池の水を、使用人たちが運んでいるのが見えた。

仙人は、バラバラに動く彼らに指示を出し、一列に並ばせている。

桶《おけ》やら盥やらを、順送りにするよう伝えているようだ。

(行かないと――なにか、少しでも足しになることをしなくちゃ!)

灌木の陰《かげ》から飛び出そうとした、その時――

「おぅおぅ、よく燃えているなぁ!」

若い、男の声がすぐ近くで聞こえた。

玲枝を止めようとしていた小玉は、お嬢様、と言いかけた口のまま固まる。

二人は、それぞれ手足を中途半端に上げた格好で、不自然に動きを止めていた。

「だ、大丈夫でしょうか？　弁償となりますと、相当な額でございまして……」

若い男の隣から、おろおろとする、あまり若くはない声がする。

そして──

「すべてこちらで出す、と言っているだろう。案ずるな。二級の娘相手では、金も手間もかけんが、一級の美女のためなら話は別だ。あの娘を、必ず手に入れてみせる。そなたも、その方が都合よかろう？」

その若い声には、聞き覚えがあった。

「それは、まったくそのとおりでございます。ですが、楓殿下──」

どくん、と心の臓が跳ねる。

（楓親王？　どうしてこの邸にいるの⁉）

第二世で楓親王に見初められたのは、桂州での狩りの帰り道。あと半月ある──はずだったのだが。

（待って……待ってよ！　まだ、心の準備ができてない！）

まったく想像していなかった遭遇に、玲枝は慌てた。

「ひっ！　し、親王様⁉」

慌てたのは、事情を知らぬ小玉も同じであったらしい。

玲枝は、とっさにその口をふさぐ。

今、ここで楓親王に気づかれるわけにはいかない。

（まずい……今の姿を見られるのは、危険だわ！）

楓親王は、細身の女が好きなのだという。二年の軟禁期間に、食事の量を極端に減らされたのは、そのせいだ。あの頃と同じく、手首の骨がくっきり浮き出るほど、今の玲枝は痩《や》せている。

つまり、完璧に楓親王好みの容姿ということだ。

仮病が通じなかった場合、肉襦袢《じゅばん》を着こむという作戦も考えていたのだが。今は寝室から出てきたばかりで、なんの加工もできていない。

「ん――？」

楓親王が、なにかに気づいた。

玲枝は唇を引き結び、呼吸を止める。

「殿下、なにか？」

「いや。人の気配を感じたように思ったが……気のせいだったようだ」

「では、早々にお戻りを。どこに人の目があるか知れませぬ。殿下は、この時間、お部屋で宴の最中、ということになっておりますから」

「おぅ、そうだったな。戻るとしよう」

二人の声と足音が、遠ざかっていく。

(楓親王が、蔵に火をつけさせたっていうの……？)

今の話から判断すれば、楓親王は、玲枝を手に入れるために蔵を焼いたという。

第二世より半月早く邸を訪れ、余計な手間までかけたということだ。

(行動が、変化してる。……どうして？)

なぜ楓親王がこのような暴挙に及んだのかは、理解の外だ。

とにかく、その暴挙のせいで竹簡が――やり直しの機会が、失われようとしている。

(あの馬鹿……！　なんて余計なことを！)

彼は、どこまでも、どこまでも、玲枝の邪魔をする男であるらしい。

怒りに拳を握りしめる玲枝の横で、小玉の方は、興奮していた。

「お聞きになりました？　殿下が、お嬢様を一級の美女だと！　名誉なことではございませんか！　もちろん、お嬢様の美貌《びぼう》でしたら、一級で当然ですけれど！」

そんな小玉の興奮は、当然ながら玲枝には響かない。

一級、二級。楓親王がつけた序列が上だから、なんだというのだろう。

(あんな馬鹿に、一級だ二級だと言われて喜ぶ阿呆《あほう》はいないわ！)

玲枝は拳を握りしめたまま、勢いよく立ち上がった。

「私、行ってくる。小玉、沓を貸して」

「え？　お、お嬢様？　どちらへ？」

「火を消すの！　絶対に消してやる！　冗談じゃない！」

玲枝は、小玉から借りた大きな沓をはくと、すぐさま走り出した。

池の水を桶で順送りする列の、一番距離の開いている場所に入る。

「離れていろと言っただろう！」

すぐ横にいたのは、仙人だ。率先して、開いた間を埋めていたらしい。

気の利かない男だとばかり思っていたが、この八年で人柄も変わったのだろうか。

「放っておいて！　諦《あきら》めたくないの！」

仙人は、それ以上玲枝を止めなかった。

意外なことに、女ごときになにができる、とも、女が出しゃばるな、とも言わなかった。

彼も多少成長したと見える。

桶を受け取り、渡し、受け取り、渡し。何度も、何度も繰り返した。

どれだけ、作業を繰り返しただろう。

身体中の骨が、悲鳴を上げている。もう、腕が上がらない。

「貴女は外れていい。これ以上は無理だ」

「でも――」

「あとは任せろ。決して諦めはしない」

足がもつれ、玲枝は列から離れた途端に転んでいた。

腕も、足も、もう限界だ。身体が言うことを聞かない。

（まだ、火は消えていないのに……！）

楓親王が蔵に放った火は、まだ燃えている。

あの男の望むまま――と思うと、腹立たしさでどうにかなってしまいそうだ。

（悔しい……！　悔しい！）

――雨だ。

声が、どこかで聞こえた。

ぽつり、と頭に雨粒が一つ当たり、それが二つ、三つとすぐに続く。

「雨……」

さーっと静かな音を立て、細い雨が降り出した。

蔵の火はしだいに小さくなり、わっと歓声が上がる。

「大丈夫か？――よく頑張ったな」

青年の手が差し出されたが、目には入らなかった。

玲枝は、よろよろと立ち上がり、震える足で納屋へと向かう。

（あの竹筒がなかったら……私は、前に進めない！）

毎日、毎日、死の恐怖に苛《さいな》まれる。

自分との関わりゆえに死んでいった人々の骸《むくろ》が、折り重なる夢に魘《うな》される。

あらゆる選択が、恐ろしかった。この道は、悪女への道に繋《つな》がっていないだろうか。間違ってはいないだろうか。

その恐怖を鎮めてくれたのは、竹筒の存在だった。

竹筒があれば、秘薬が作れる。秘薬があれば、やり直せる。そう思えばこそ、今日まで正気を保っていられた。

「あぁ……」

玲枝は、納屋の前でへなへなと座り込む。

納屋はすっかりと燃え、高さは半分ほどになっていた。

背の方で、人の声がする。

「そこの娘。蔵に簪《かんざし》でもあったのか？　そう落ち込むな。新しいものを買ってやる。簪か？　耳飾りか？……女は愚かだな。装飾品のためなら、命も惜しくはないらしい！」

これは、楓親王の声だ。

こちらが刺史の娘だと、気づいているのか、いないのか。

取り巻きたちがいるらしく、どっと男たちの笑う声がした。

──女は愚かだな。

心が麻痺《まひ》して、その嘲《あざけ》りは心を揺さぶらない。

「……恐れ多いことでございます」

傘に入れてやろう、と楓親王が声をかけていたようだが、そちらを見ることもしなかった。雑音でしかない。

（また、私の親類は殺されるの？　私の孫は、祖母を恥じて、自らの命を諦めるの？）

ふらりと立ち上がり、覚束《おぼつか》ない足取りで納屋に近づく。

悔しい。嗚咽《おえつ》をこらえながら、玲枝は扉だった場所を目で確認した。

（本も……全部焼けてしまった……やり直しても、運命は変わらないの？）

この納屋にあった本は、第二世では婚儀の日に見つかり、楓親王の手によって庭で焼かれるものだ。──第三世でも、同じ運命をたどっている。

（変わらないだけじゃない……もっとひどくなってる。これは、反動？　私が楓親王を避けたから、蔵まで焼かれてしまったの？）

まだ熱い木の板を避け、棚であったと思《おぼ》しき場所に立つ。

涙でにじむ視界に――ちらりと赤いものが見えた。

木板を投げ捨て、瓦礫《がれき》を避ける。

はっきりと姿が見えた。半ば焼け焦げ、煤《すす》にまみれてはいるが、たしかに、あの赤い箱だ。

「あ……あった！」

まだ箱には熱がある。だが、気にしてはいられなかった。

箱の中には――変色した竹簡があった。

半分は変色していて、謎の文字は読めない。

「焼けてしまったか。……力になれなくて、すまない」

今度聞こえてきたのは、仙人の声だった。

玲枝は、やはりそちらを見なかった。

「……いつから、そんな口の利き方するようになったのよ。私の方が年上だって言ったじゃない。青二才のくせに！」

悔し涙が、頬《ほお》を濡らす。

二度目の人生だというのに、なにもかもがままならない。

「……申し訳ない」

「縁談も全部断ったわ。だって私、男に品定めなんてされたくなかったもの。そのせい？　そのせいであの馬鹿に、ますます気に入られてしまったの？　痩せすぎた？　だから……蔵を焼かれたの？　私のせい？　こんなことまで私のせいなの？」

うぅ、と声がもれた。

一度声が出ると、嗚咽は止まらなくなる。

「申し訳ない。私が本当に仙人で、神通力でもあればよかったのだが――人の身で、できることは限られた」

「もう嫌！　坤社院に入らせて！　恥のない人生なんて、私には無理よ！」

玲枝は、声を上げて泣いた。

二度目の人生で得られたのは、楓親王の一級の評価だけ。蔵は焼かれ、本はすべて灰になった。竹簡も半分を失っている。

努力が報《むく》われる日など、来ないのではないだろうか。空しい。あまりにも空しい。

「桂州刺史のご息女とお見受けする」

この時、ふと――気づいた。

仙人の姿が、まったく変わっていないことに。

あの春の四阿の頃、八歳だった玲枝は十六歳になっている。

仙人も、二十歳から二十六歳になって然《しか》るべきだ。

「え——」

しかし、この青年は——仙人よりさらに若く見えた。

(まさか——)

別人では——という可能性が、はじめて頭に浮かんだ。

「恥のない人生など、ありはしない。誰しもが生きた歳月の分だけ恥を重ねるものだ。坤社院に入るには、まだ早すぎるように思う」

「……——」

仙人では、ない。

そうと認識した途端、玲枝の思考は停止した。

(嘘……)

今の今まで、仙人だと思って会話をしていた。

取り返しのつかぬほど、長く。慎みを忘れて。

「私は、陶柏心《はくしん》という者だ」

皇族の男子は、その字の一文字を冠して親王と呼ばれる。

陶柏心。つまり――彼は、柏親王だ。

「柏……殿下……？」

「話ならば、いくらでも聞く。どうか思いつめずに。……この竹簡は、汪家にとって大切なものだったのだな」

「あ……ご、ご無礼をお許しください！」

玲枝は、がばりと頭を下げた。

血の気という血の気が、いっぺんに引いた。

絶望の底だと思っていた場所は、底ではなかったらしい。今度こそ、底だ。どん底だ。

「無礼などとは思っていない。こんなことがあったのだから、取り乱して当然だ」

――玲枝、玲枝！

父の声が、遠くで聞こえる。

「あ――」

とっさに、玲枝は竹簡を隠す場所を探した。取り上げられては、完全に道が断たれてしまう。それこそ最悪だ。

木の陰にでも隠そうかと思った時、

「これを、隠す必要があるのだな？」

と柏親王に尋ねられた。

「は、はい。見つかったら、父に取り上げられてしまいます。汪家にとって大切なものですが、その価値を知るのは私だけなのです。これがなければ――生きてはいけません」

「では、私が預かろう。それで、貴女の憂《うれ》いが晴れるなら」

柏親王は、大きな手を差し出す。

玲枝は、その手に竹簡を――不確かな未来を託していた。

「ありがとうございます。このご恩は忘れません！」

深く頭を下げ、玲枝は父の声の方へと自分の足で向かおうとした。

その途端、あまりの痛みに「きゃあ！」と悲鳴が出る。夢中になっていて気づけなかったが、切り傷、擦り傷、肉刺《まめ》に火傷《やけど》と、足だけでなく、身体中のあちこちが傷だらけだ。

「失礼」

「え――」

軽々と、玲枝はまた柏親王によって抱えられていた。

（……ッ！）

先ほどは仙人だと思っていたが、今回は違う。

彼は他人で、本来、会話さえ慎むべき異性である。

頭が真っ白になったまま運ばれ、大きな庭石の上にそっと下ろされた。

「では、私はこれで。叱られる種が増えてしまってはいけない。――あぁ、歳は、私の方が上だと思う。今年、十八だ」

くしゃりと端整な顔が、少し崩れる。

十八歳の若者の笑みは、精神が三十三歳の玲枝の目に、眩《まばゆ》く見えた。

優雅に一礼し、柏親王は去っていく。

その背を、玲枝は呆然と見送っていた。

「お、お嬢様！　ご無事ですか⁉」

すぐ横の灌木の陰から、裸足で待っていた小玉が顔をひょこりと出す。

「えぇ、無事よ！　沓をありがとう、助かったわ」

「無事って言います？　それ。まぁ！　手が……顔まで真っ赤ではございませんか！

――旦那《だんな》様！　旦那様！　お嬢様が！」

小玉が大きな声で呼ぶと、すぐに汪刺史が駆けつけた。

「おぉ、玲枝！　そこにいたのか！　ん？　また熱が出たのだな。顔が真っ赤だぞ。――薬師を呼べ！」

汪刺史が、玲枝の身体を抱えて歩き出す。

「申し訳ありません……父上」

　三つの返答の外でも、謝罪だけは無制限に許されている。──申し訳ありません。ご容《よう》赦《しゃ》ください。ご無礼を。恥じ入るばかりです。──種類も豊富だ。

「気をつけてくれ。楓親王殿下と柏親王殿下が、昨夜からお泊りになっていたのだ。太后《たいこう》陛下の、快癒《かいゆ》祈願の狩りに向かう途中だそうでな。……皇太子殿下は、途中で引き返されたようだが……とにかく、ウロウロと歩き回るな。見られては、家の恥になる！」

「はい……父上」

　親王たちが、桂州へと狩りに来る。ここまでは第二世と同じだ。

　しかし──親王たちの行動には、変化が起きていた。皇太子は来ず、楓親王と柏親王が、復路ではなく往路で立ち寄っていたらしい。

（たったそれだけの変化で、こんな規模の被害が起きるっていうの⁉）

　玲枝への評価が上がったことで、楓親王の行動が変化した──とも考えられる。

　蔵の方からは、まだ細く煙が出ていた。父が愛した西域《さいいき》の絨毯《じゅうたん》や、書画の類《たぐい》は壊滅的だろう。被害は、決して少なくないはずだ。

（これは……運命を変える反動……？）

　仙人は、第二世で同胞を救うべく動き、結果として同胞を含めた万単位の死を招いた。

運命を撓《たわ》めれば、反動が起きる。――それが、世の定めなのだろうか。だとすれば、一族を救うことも、国の崩壊を防ぐことも、大いなる反動を覚悟せねばならぬということになる。

「よいか？　親しくするのなら楓殿下だ。柏殿下は、陛下に疎《うと》まれておいでだからな。ご生母は下級女官で、すでに亡《な》い。後ろ盾《だて》もなく、陛下の種でもな――あぁ、いや、それはともかく、あの親王とは縁を作る利がない」

しかし――反動を恐れて運命に抗わなかった場合、向かうところは一つだ。

（嫌よ、このまま運命をなぞるなんて。悪女になど、なってたまるものですか！）

運命に――抗わねばならない。

抗い、そして、平和な未来をつかまねばならない。

玲枝は、火傷をした手を、ぐっと握りしめる。

まだ燻《くす》ぶる煙の見える庭では、紫陽花が色づきはじめていた。

第二話 運命の出会い

蔵を焼いた火災は、風に煽《あお》られ、思いがけぬ規模になっていた。

火は庭木をつたい、家族の寝室の一部まで焼いてしまった。

当時、邸《やしき》には二人の親王《しんのう》の他、その接待をする鎮西府《ちんぜいふ》の守将・魯《ろ》将軍がいた。鎮西府は、桂州《けいしゅう》の西隣にある鄭州《ていしゅう》に設置された、国防の要《かなめ》である。常時五万の兵を抱える、国内最大級の軍事施設の一つだ。

その魯将軍の部下の煙草《たばこ》が、火事の原因であったらしい。

魯将軍は被害のすべてを弁償するだけでなく、工事が終わるまでの間、汪刺史《おうしし》の家族を別荘へと招いたのだった。

魯将軍と縁ができた、と父は喜んでいた。

禍《わざわい》が福に転じた、とも言っていた。禍も、福も、仕組まれたものだとは知らずに。

(駄目。全然考えがまとまらない……)

玲枝《れいし》は、与えられた部屋の窓辺で、ふぅと深いため息をつく。

この別荘は、永泉園《えいせんえん》、という。

かつては皇族の隠居所であったそうで、実に広く、そして豪奢《ごうしゃ》だ。

母屋《おもや》の他に、いくつもの離れがある。そのうちの東側の一画を汪家が使うことになった。

——魯将軍は、この数年で力をつけた魯家の当主である。

当主の姪《めい》の魯淑妃《しゅくひ》によって、一族の繁栄はもたらされた。

魯淑妃は、浩帝《こうてい》の寵姫《ちょうき》だ。

皇后《こうごう》に次ぐ、貴妃《きひ》、賢妃《けんひ》、淑妃、の三妃の地位にあり、目下、浩帝の愛を独占している。

玲枝は、第二世では魯淑妃には会っていない。入宮の前年に、彼女は後宮を去っているからだ。北部の甫州《ほしゅう》にある、洪恩院《こうおんいん》という坤社院《こんしゃいん》に入っている。玲枝が、楓《ふう》親王の死後入れられたのと同じ場所だ。男性の道士が入る社院を乾社院《けんしゃいん》といい、女性のそれを坤社院という。国内に坤社院は三つしかなく、貴人の女性を受け入れられる施設は他にないため、自然とそうなる。半年ほど同じ屋根の下にいたはずなのだが、魯淑妃は入った日から一歩も部屋を出なかったので、会う機会はなかった。

魯淑妃が入道した後、魯家は勢いを失う。代わりに力を得たのが、他でもない汪氏だ。

第二世において、魯将軍の次の鎮西府守将になるのは、玲枝の父親の汪刺史だ。この広大で美しい、永泉園の次の主になるのも。

（さすがは魯氏……と今の私が思うのと同じように、さすがは汪氏、と世の人々は思っていたのね。これじゃあ、恨まれるわけだわ……）

庭の牡丹《ぼたん》が、見事に咲き誇っている。

可愛《かわい》らしい朱塗りの四阿《あずまや》に、煉瓦《れんが》の石畳《いしだたみ》。池を渡る円月橋。

美しい庭は、しかしどこか空しい。

第二世でこの園を手に入れた時、父は手放しで喜んだのだろう。

魯将軍との縁を喜んだように、素直な心で。それが、一族の死を招くとも気づかずに。

(繰り返しは、絶対にしたくない。でも、反動は怖い……)

玲枝は、小玉《しょうぎょく》に「お庭を眺めてくるわ」と伝え、部屋を出た。

ゆっくりと、思考に溺れる時間が欲しい。

中庭は、駄目だ。まだ指の火傷《やけど》も治っていないのに、父がやけに明るく「いい天気だな！　琴でも弾いてはどうだ？」と言ってきたので、実に怪しい。

(火傷が治っていようといまいと、あんな男に琴なんて聞かせるものですか！)

中庭を横目に見ながら、渡り廊下を進む。

母屋に続く廊下の中間地点に、独立した大きな書庫がある。好きに使って構わない、と魯将軍――あの火事の際、楓親王と会話していた人物と同じ声をしていた――に言われていたので、そっと扉を開ける。すぐに別の扉があり、そちらは薄く開いていた。

(まぁ、なんて立派な書庫！　すごいわ！)

するりと中に入れば、驚くほど内部は広い。大きな書棚が二十も並んでいた。こちらの棚には竹簡《ちくかん》が、あちらの棚には紙の本が、びっちりと詰まっている。壮観だ。

その数に驚き、じっくりと棚を見て回る。

納屋が焼かれて、大切にしていた本を失った直後だ。飢《う》えている。

しかし、今は本に溺れている暇はない。

（ちゃんと考えないと……竹簡が焼かれた以上、やり直しには期待できないんだから）

竹簡が半分焼けてしまった絶望は、深かった。

しかし、今はなんとか気持ちを切り替えることができている。――玲枝の心を、救った人がいたからだ。

（一つ一つ、壁を越えていかなくちゃ）

書庫の真ん中は、階段状に窪《くぼ》んでいる。腰を下ろすにはちょうどいい。

階段に腰かけ、深いため息をつく。

玲枝は――ある秘密を抱えていた。

閨《ねや》でのことの、経験がない。

第二世の人生を終えるまで、ただの一度たりとも。

楓親王とは、初夜の前に閉じ込められており、そのまま二年後に死別している。

浩帝には――その能力自体がなかった。

昂羊宮《こうようきゆう》で、浩帝とはじめて会った直後、宦官《かんがん》から秘かに聞かされた。

その秘密を知る者はわずかで、後宮にいる二百の妃嬪《ひひん》らさえ、褥に招かれる機が途絶えた理由を知らぬそうだ。

浩帝には、男女合わせて二十人の子がいた。成長したのは、皇太子以下三人の男子と、すでに嫁いだ二人の女子だけだが、実子は間違いなく存在している。だから、安堵《あんど》と同時にひどく驚いたのを覚えている。聞けば、数年前に得た病がきっかけであったという。

だから――玲枝には、わかる。

浩帝の子を産むことは、不可能なのだ。

(第二世で、私が三年長く生きたとしても、救国の英雄は生まれなかった。私が第一世で産んだ子供も、陛下の子では……ないんだわ)

信じられない。信じたくない。

夫ではない人と子をなすなど、考えられないことだ。

玲枝の知らない三年の間に、一体なにが起きたというのか。

仙人から聞いた話によれば、玲枝の子は不遇の内に人生を終えている。

玲枝の産んだ子が皇帝の子ではない、と天祥城《てんしょうじょう》に疑われていた可能性は高いだろう。

(そんな道に外れたこと、できる度胸なんてあるはずないのに)

玲枝は、平凡な女だ。好んで倫理を外れた真似をするわけがない。

心が強いからではない。気が弱いからだ。

母の占い道具をうっかり壊してしまった時、半日口を閉ざしていただけで、熱を出した。泣きながら謝ったのを、よく覚えている。

罪、というものは、重い。抱えるのは重く、抱え続けるのはなお重い。

楓親王から浩帝に夫を替えた理由は、玲枝の中で説明できる。騙《だま》し討ちでもあったし、閨のことを行わないとわかっていたからだ。貴妃の位は授かっても、舅《しゅうと》に仕える気持ちでいた。他人には理解されずとも、人の道を外れたとまでは思っていない。

(信じられない。……でも、もし本当にそうなら、とんでもない話だわ)

最初の夫の父と通じ、次は、弟と。

仙人の口から聞いた第一世の玲枝の人生は、悪女のそれと断じるしかないものだ。

(わからない。でも……柏《はく》殿下は、まともな方だった)

第二世では、柏親王とは一度も会っておらず、その人柄までは知らない。ただ、浩帝への諫言《かんげん》を、群臣の前で堂々と行い、毒を賜《たまわ》ることになったのだけは知っている。

結果として、国は大きく衰《おとろ》え、滅びへと向かったのだから、諫《いさ》める方が正しいはずだ。

(あの夜、私の心を救ってくれたのは、間違いなくあの方だった。それに、あの顔……)

柏親王は、仙人にそっくりだった。他人の空似とも思えない。

仙人の中身は玲枝の孫だが、身体《からだ》の持ち主は、柯《か》氏の一族の青年だ。名は、柯弘徳《こうとく》。肉体条件が近い血縁から、宿主は選ばれるそうだ。

（仙人の外側と柏親王に血縁があるとしたら、柏親王は柯氏の血を引いている……？　ご生母は、下級女官だと父上が言っていたけれど、その方が柯氏の女性だったのかしら。でも、あの噂《うわさ》もあったし……）

柏親王は浩帝の種ではない――との噂は、第二世でも聞いていた。それゆえに柏親王は、浩帝に疎《うと》まれている、というものだ。噂を裏づけるように、他の二人の親王と比べ位階は低く、儀典の場では立つ場所さえ違っているという。

（もし噂が本当なら、実の父君が柯氏の可能性がある……ってことよね。柯邑《かゆう》の人が全員柯氏なら、どちらも柯氏なのかもしれない。……第一世では、公職を追放されたあと柯邑にいたんだから、母方の実家だと考えるのが、一番自然に思えるけれど……）

第一世の玲枝は、恐らく柏親王と共に、柯邑で三年生きている。

しかし、第二世で柏親王は早期に死亡しており、玲枝は柯氏の薬師《くすし》に殺された。

柏親王は、玲枝の人生に大きな影響を与える存在だ。

彼の生存は、第三世の課題と言っていいだろう。

（……ちょっと待って。……すごいこと思いついちゃった……）

パッと玲枝は腰を上げていた。

どくん、どくん、と胸が震えている。

靄《もや》の中、一筋の光明が見えた。

自分の孫には、柯氏の血が流れている。五十八年もの遡行《そこう》ができたのだから、そこは間違いないはずだ。

その血は、どこから来たのか。

玲枝の息子・陶焔明《とうえんめい》の妻が、柯氏であった可能性。

そして、陶焔明の父親が、柯氏の血を持っていた可能性。

どちらもあり得、場合によっては並立し得る。

（私が、柯氏の血を引く子を産むこと自体は、運命に添っているはず）

――光が、見えている。

運命を変えれば、反動が起きる。だが、起きるとわかっている未来に向け、最短の道を作ったならば――反動を最小限にできるのではないだろうか。

「……そうよ。その手があるわ」

浩帝を裏切らずに済む。

柯氏の血を持つ子が産める。

夫を何度も替える必要がない。

つまり、一族も恨まれない。柯氏の邑《むら》も焼かれない。――国も滅びない。

孫に恥じられずに済む。――玲枝は、悪女ではなくなるのだ。

「柏殿下に嫁げばいいのよ。――最初から！」

パン、と玲枝は手を叩いた。

素晴らしい案だ。思わず、くるくると階段の上で踊りだす。

舞は得意だが、今は型もなにもあったものではない。

くるり、と回る度、裳《も》の裾《すそ》が大きく広がった。

「そうよ！　そうすればいいんだわ！　柏殿下と結婚できたら万事解決！……でも……待って。どうやって？」

動きは止まり、裾が、ふわりと下りる。

いきなり、大きな壁に直面してしまった。

娘が、自《みず》ら夫を選ぶなど聞いたためしがない。縁談とは父親が進めるものである。

父親に頼む――のは、無理だ。不可能だ。

汪刺史は、柏親王ではなく、楓親王との縁を望んでいるのだから。

「どうしよう。どうすれば、柏殿下の妻になれるの……？」

玲枝は、書庫の中を歩き回りはじめた。

これまでの縁は、知らぬ間に、一方的に見初《みそ》められるばかりだった。

「結婚って、そもそもどうすればできるのかしら……父上の説得？　無理よ、そんなの。母上の占いで――いいえ、意味ないわ。父上は、母上の占いを信じてないもの！」

うろうろと歩いていると――カタン、と音がした。

書棚の間で、なにかが落ちたようだ。

（……あら。もしかして、猫？）

玲枝は目を輝かせ、その音のした方に近づいた。

書庫の近くでは、鼠《ねずみ》対策として、猫が飼われることがしばしばある。

猫には目がない。第二世では、それを知った浩帝が、玲枝の誕生日に猫を贈るつもりでいたらしい。姜玄昭《きようげんしよう》の乱が起きたために実現はしなかったが、かえってよかったと今は思っている。稀代《きだい》の悪女の飼い猫が、天寿をまっとうできたとも思えない。

ひょい、と棚の陰《かげ》からのぞき込み――

――目が合った。

人の、顔が、そこにある。

書庫の先客だと理解するまでの、短く、それでいて長い時間、玲枝は呼吸を忘れた。
(え――?)
そこにいたのは、涼やかな目元の美しい青年――柏親王だった。
「あ……」
心の臓が、口から飛び出そうになった。
身体中の血の気が、音を立てて引いていく。
――柏殿下に嫁げばいいのよ。
――柏殿下と結婚できたら万事解決!
(聞かれた)
そういえば、出会いも最悪だった。
――いつから、そんな口の利き方するようになったのよ。
――青二才のくせに!
(終わった……)
悪女回避の、最良の策が生まれた瞬間に、破れた。
終わりだ。最悪だ。いや、最初から終わっていたのだ。
ところが――

「あ……きょ、今日はいい天気だな」

柏親王は、今、この場に相応《ふさわ》しいかどうか甚《はなは》だ疑問のある挨拶《あいさつ》をした。

（え？）

玲枝は、柏親王の正気を疑った。

しかし、すぐに理解する。

彼は、聞かなかったことにする、という選択をしたのだ。

（嘘《うそ》でしょう？　さすがに強引すぎない!?）

今の、大きすぎる独り言が、聞こえていないはずはない。

だが――

「はい、柏殿下」

ここは、乗るしかない。

玲枝は重ねた手を顔の前まで上げ、頭を下げた。

「今……そう、たった今、この書庫に入ったところだ」

嘘だ。嘘にも程がある。

柏親王は、嘘があまり上手《うま》くはないらしい。顔が、真っ赤だ。

「さ、左様でございますか」

対する玲枝の顔は、青ざめている。

手足が緊張のせいで、凍《こご》えるほどに冷たい。

その時だ。

バーン！　と大きな音を立て、扉が開いた。立て続けに、もう一度。

玲枝は、跳び上がるほど驚いた。驚き、かつ絶望した。

「本当に、ここに入ったのか？」

これは――楓親王の声だ。

「は、はい。たしかに見ました」

「どうりで、いくら待っても中庭に出てこぬわけだ！」

玲枝は青ざめたまま、オロオロと手を彷徨《さまよ》わせた。

じりじりと後ろに下がったところ、とん、と背が柏親王にぶつかった。

「あ……ッ！」

謝罪の言葉を発する前に、ぐい、と腕を引かれる。

玲枝は、本棚の奥の細い隙間《すきま》に押し込められていた。

「兄を避けている……のだな？」

柏親王の囁《ささや》く問いに、玲枝は、こくりとうなずいた。

口にしたつもりはなかったが、態度から察せられるものはあったのだろうか。焼けた蔵の前で、あの馬鹿《ばか》、くらいは言っていたかもしれない。

柏親王は「なんとか誤魔化《ごまか》してくる」と囁くと、柏親王は本棚の陰から出ていった。

(誤魔化すって……可能なの⁉)

玲枝は、とても不安になった。

あんな下手《へた》すぎる嘘をつく人が、上手く誤魔化すなどできるのだろうか。不安だ。

「おや、二の兄上。書庫にご用とは珍しい」

「柏心《はくしん》か。ここに娘が来ただろう？　目の覚めるほど美しい、朝露のごとく儚《はかな》げな娘だ」

「誰も来てはいませんよ。私は朝からこの書庫におりますが」

意外なことに、柏親王は自然な嘘がつけているようだ。

「嘘ではあるまいな？」

「嘘などついてどうするのです。しかし……度を越してはおりませんか。一の兄上に腹下しを飲ませるのもどうかと思いますが、放火は、明らかにやりすぎです」

「俺は狩りの最中なのだ。兄上の獲物《えもの》を、横から攫《さら》ってやる。人の獲物ほど、美味《うま》いものはないからな。――本当にいないのか？」

狩り――というのは、玲枝を手に入れるまでの過程を指しているのだろう。無礼な話だ。

しかし、怒りを上回るほどの驚きが、その会話の中にはあった。

（待って。皇太子まで、私を狙ってたっていうの？　一体、なんなのよ、陶一族！）

腹立ちを通り越して、呆《あき》れるばかりだ。

お陰でこちらは大迷惑。一族諸《もろとも》共殺され、孫に恥だと言われ、後世に悪名を残す羽目になった。もはや、好意の災害である。

「いませんよ。それに、書庫を好む女人《にょにん》は、兄上のお好みではないでしょう」

「当たり前だ。美しく慎《つつ》ましい娘が、書など読むはずがない」

「では、いなくて幸いでしたな」

ふん、と鼻息を鳴らして、楓親王は書庫から出ていった。

足音が消えるのを見計らって、玲枝はそろりと書棚の陰から出る。

「ご迷惑を、おかけいたしました」

「詫《わ》びるべきは、こちらの方だ。申し訳ない。――あぁ、そうだ。預かった竹簡は、安全な場所へ移しておいた。必要な時は、曜都《ようと》の北にある、柏親王府に報《しら》せてくれ」

「重ね重ね、お世話になります」

玲枝は、深く頭を下げた。

顔を上げると、ふと目が合う。

姿の美しい人だ。端整で、品がある。

深い瞳は冬の夜空のように静謐《せいひつ》で、目が知らず吸い寄せられていた。

その――柏親王の頬が、パッと赤くなる。

視線の不躾《ぶしつけ》さに気づき、玲枝は袖《そで》で顔を隠した。

「で、では――私はこれで。外からの合図を聞いたら、ゆっくり十数えてから出るといい」

柏親王は会釈をして外へ出ていき、玲枝は言われたとおり、合図を待ってから外に出る。

渡り廊下に、人の姿はなかった。

急ぎ足で離れに戻ると、母が占いの話をしていた。この永泉園で、汪家に繁栄をもたらす強運が訪れるそうだ。ここに来てよかった、と母は笑顔で言っている。

「まぁ、玲枝！　そんな嬉《うれ》しそうな顔をして！　貴女《あなた》も喜んでくれるのね！」

まったく喜んだ覚えはないのに、母にはいたく感動されてしまった。

（そんな嬉しそうな顔……してた？）

玲枝は、自分の頬に触れた。熱い。

湯で温めたわけでもないのに、顔は熱く、鼓動《こどう》は速かった。この玲枝の状況が、母の誤解の元であったらしい。

（嫌だ、私ったら……本当に熱でもあるの？）

慌《あわ》てて、玲枝は寝室に入った。

牀《しょう》に身を投げたが――まだ、興奮は去らない。

書庫での一幕が、玲枝の心を激しく波打たせていた。

(殿下は、私を助けてくださった……嫌われてないんだわ、きっと)

無礼な独り言を聞かれたものの、柏親王は変わらず優しかった。

嫌われてはいない――はずだ。きっと、そうだ。そうあってほしい。

(あの方に、好かれたい)

どきどきと、胸が高鳴る。

彼のことを考えるだけで、頬が熱くなる。

それでいて、胸がしめつけられるように切ない。

その感情の名を、まだ玲枝は知らなかった。


――柏親王に好かれたい。

玲枝の闘いが、その日からはじまった。

まず、中庭の四阿に向かう。偶然の縁に期待したのだが――

「おぉ、やっと見えたぞ!　もっと近づこう!」

灌木《かんぼく》の陰から楓親王の声が聞こえたので、慌てて離れに逃げ帰った。

（違うの！　そっちの親王じゃないのよ！）

翌日、書庫の前まで行ってみた。

もしかしたら、また柏親王がいるかもしれない。

ところが──

「遠目だったが、ほっそりとして、儚げで……とにかく、間違いなく美しい娘だったぞ。なんとしても手に入れたい！　兄上などに渡してなるものか！」

角を曲がった途端、書庫の前で待機する楓親王の姿が見え、やはり逃げ帰った。

（なんなのよ、あの人！　しつこすぎるわ！）

どうやら、楓親王は離れの周辺で一日を過ごしているらしい。隙がない。

楓親王の意欲には、ただならぬ勢いがある。

なんの手も打てぬうちに、二人の親王は狩りへと出かけていった。

「……殿方に好かれるには、どうしたらいいのかしら」

ぼんやりと庭を見ながら、そう呟《つぶや》いたところ、小玉は「さぁ」と曖昧《あいまい》な返事をした。

「それだけお美しいのですから、なんのご苦労も要りませんでしょう。微笑《ほほえ》み一つで、皇帝陛下だろうとイチコロですわ」

なんとも恐ろしいことを小玉は言い出した。縁起でもない。

「そうじゃなくて。好かれたいと思う人にだけ、好かれたいのよ」

「でしたら、慎みを持っていれば――」

「慎め、慎めって言うけど、慎む一方でできるのは、のぞき男との縁くらいよ?」

女は、慎みを持たねば愛されない。愛されなければ、女は不幸だ。

幼い頃から、百万遍は聞かされた言葉だ。

だが、慎みを前面に出せば出すほど、打つ手がなくなる。

「まぁ、それでも父君の決めた縁談なら、間違いございませんよ」

「……もし、間違っていたら?」

「まさか! 旦那《だんな》様に限って。奥様の占いも、お聞きになりましたでしょう?」

玲枝は、げんなりとした顔でため息をついた。

「あぁ、それね……」

母の占いは大抵はずれる。雨と言えば三日は快晴が続き、晴れと言えば嵐が来る。客が来ると言えば数日来ず、来ないと言えば一日に何組も来る。九割以上が大きくはずれるのだが、今日は不気味な偶然が起きた。朝に「赤いものが良縁をもたらすそうよ」と言っていたところ、昼に楓親王から紅珊瑚《さんご》の簪《かんざし》が贈られてきたのだ。まったくの偶然だが、母はすっかり舞い上がってしまった。――例によって、大はずれだというのに。

その髪飾りには、見覚えがあった。

第二世でも、雨宿りに寄った楓親王が置いていったものだ。

末娘が楓親王に見初められた、と離れでは大きな騒ぎになった。父は州城にいて不在だったが、報せはすぐ届くだろう。喜ぶに決まっている。

だが――それでは、駄目だ。

繁栄の向こうには、一族皆殺しの未来が待っているのだから。

「父上が望んでない人と添うには、どうしたらいいのかしら」

小玉は「え!?」とひっくり返る勢いで驚き、そして難しい顔で悩みだした。

腕を組み、首を傾《かし》げ、眉間《みけん》にシワを寄せ、熟考ののちに、

「無理でございますよ」

と結論を出した。

「まぁ、小玉は父上の味方をするの？」

「味方もなにも……慎み深い娘は、自分で相手を選びません。慎ましいのですから」

「だから困ってるのよ」

慎ましい娘は、意見を言わない。

好いた相手を選び、添うなど、どう足掻《あが》いても不可能だ。

「他の候補者のどなたよりも、条件がよく、熱心であっていただければ――」

「それが悩みの種なのよ。常軌を逸して熱心な方とは、絶対に添いたくないんだから」

玲枝は、深いため息をついた。

柏親王は、浩帝に疎まれている。確実に、条件は悪い。

そして、彼はまともな人だ。楓親王の異常な執着を凌《しの》ぐものを示すとは思えなかった。

「困りましたね」

「困ってるのよ」

二人は揃《そろ》って、うーん、とうなった。

「……お相手は、あの仙人様でございましょう?」

「わかるの?」

「わかりますとも。仮病用のお湯が要らないくらい、お顔が真っ赤になられますから」

玲枝は、パッと顔に触れる。――熱い。

柏親王のことを考える度に起きる変化を、さすがの玲枝も自覚した。

「そう。要するに、楓親王じゃなく、柏親王に嫁ぎたいの」

「まぁまぁ、二人の親王様を秤《はかり》にかけるなんて、物語めいておりますわねぇ。さすがは美《び》貌《ぼう》のお嬢様。でも、お諦《あきら》めください。父君の決められた結婚が一番でございますよ」

小玉は、また先ほどと同じ結論を口にした。

「でも、不幸になるわ」

「不幸だなんて！　父君が決められた結婚で、不幸せになどなりませんよ！」

「なるの！　私だけじゃない。貴女だって――」

喋《しゃべ》りすぎた、と気づいて、ハッと口を押さえる。

「え？」

「あ――な、なんでもないわ！　忘れて！」

「わ、私が、不幸に？　そ、それは、占星術でございますか？　易《えき》でございますか？」

小玉は、占いやら、お告げやらに弱い。

母の占いを、この世で一番信じているのは彼女かもしれない。今日も、赤いもの、赤いもの、と独り言を言いながら、庭の牡丹の蕾《つぼみ》を、部屋に飾りだしたくらいだ。

「……夢――そう、夢。夢を見るのよ」

玲枝は、とっさに誤魔化した。

「夢占いでございますか。月進法《げっしんほう》でございますか？　夢流法《むりゅうほう》でございますか？」

「どっちでもない。未来が……見えるっていうか……そう、未来が、見えるの」

「まぁ！　直観法《ちょつかんほう》でございますね！」

小玉は、口を押さえて息を呑《の》んだ。

占いの流派のことはわからないが、そこは掘り下げないことにした。きりがない。

「楓親王に嫁いだあと、部屋に閉じ込められる夢を何度も見ているわ。……嫁入り道具に本を入れていたのが、正妃様の侍女に見つかってしまうのよ」

夢の話だ、と誤魔化しはしたものの、放っておけば実現してしまう未来だ。

玲枝は、ここで一計を案じた。

(そうよ。下手に誤魔化すより、協力者を増やした方がいいわ)

手を借り、手を貸す。なにをするにも、慎ましやかな娘のままでは打てる手が限られる。人の力を借りれば、多少の行動力は得られるはずだ。これは小玉のためでもあった。

「恐ろしい！　こ、困ります。私、無難で穏やかな暮らしを愛しておりますから！」

小玉の顔色が、変わっている。

「私も、穏やかな暮らしを愛してるわ。でも、楓親王に嫁いだら、貴女もいじめられるのよ。雪果《せつか》という名の、正妃の侍女《じじょ》に。背がうんと高くて、細面で、いつも顔色が悪い人。歳《とし》は四十くらいよ」

「ほ、本当でございますか……？」

嘘ではない。これは第二世の現実だ。雪果は、楓親王の正妃・羽妃《うひ》の侍女だった。玲枝が本を持っていると騒ぎたてた女である。そもそも、あの密告さえなければ、軟禁もされずに済んだだろう。その後も彼女は玲枝を監視し、楓親王に度々告げ口をしていた。多くの虐待《ぎゃくたい》において、直接手を下していた人でもある。

「食事を抜かれたり、水をかけられたり、母屋の物を盗んだと疑いをかけられたり……着物を破かれたこともあったし、粥《かゆ》の中に針が入っていたことだってあったわ。あまりに気の毒で、私は貴女に、里へ帰るよう勧めるの」

「困ります！　実家は父の後妻の天下ですもの。妓楼《ぎろう》に売られてしまいます！」

「父上はご立派な方だけど、殿方には、家の内のことはわからないものでしょう？　持っていった本だって、全部燃やされてしまうし――」

「全部！　なんてことでしょう！」

小玉は、没落した官吏《かんり》の一族出身で、字が読める。

読むのは主に物語で、仙人が置いていった腹立たしい本も、暗唱するほど読み込んでいた。第二世では、焼かれる本を前に、号泣していたのを覚えている。

「だから、楓親王には嫁ぎたくないのよ。絶対に」

「私……小さくてもいいから、老後は自分の畑を持つのが夢なんです……」

「申し訳ないけど、このままじゃ無理よ」

うつむいていた小玉が、ぐっと顔を上げた。その目には、強い決意が宿っている。

「なるほど。……それで、意中の方の心をがっちりつかんで離さず、虜《とりこ》にした上で、即日求婚されてしまうような作戦が必要なんですね？」

「そこまでは――いえ、そう。そうよ。そうなの！」

表現は多少気になるが、要するにそういうことだ。

このまま放っておけば、楓親王は、この永泉園滞在中に縁談を持ちかけるだろう。柏親王にはそれに先んじて求婚してもらいたい。まともな彼を急《せ》かす形にはなるが、慎ましい娘に残された時間は、あとわずかである。

小玉は「厨《くりや》に行って参ります！」と言うと、慌てた様子で部屋を出ていった。

なぜ厨に向かったのはわからず、首を傾げる。

（なんで厨に……？　悩みすぎて、お腹《なか》でも空いたのかしら）

玲枝は悩みがあると食事が喉《のど》を通らなくなる性質《たち》だが、小玉は逆なのかもしれない。

（……でも、よかった。思い切って相談してみて）

危機的な状況は変わらないが、小玉が味方になってくれたことで、わずかな一歩を進んだ気がする。肩の力が抜けた。

ふぅ、と吐息をもらしたところで、

「お嬢様！　お嬢様！」

たった今出ていったばかりの小玉が、騒がしく戻ってきた。

「お菓子でもあった？　なんだか、私もお腹が空いてきたわ」

「これ……これを！」

小玉が、両手で四角いものを差し出してきた。

「変わったお菓子ね。本みたい」

「本です！」

なぜか厨に行った小玉が、本を持ってきた。

物語のような展開に、玲枝は先ほどとは逆方向に首を傾げる。

「……本？」

「柏親王殿下の、おつきの方から渡されたのです！　お嬢様にと！」

「え⁉」

玲枝は、恐る恐る本を受け取り「まぁ！」と声を上げていた。――『八鹿集《はつかしゅう》』。書庫で見かけた本だ。

「こちらの書庫の蔵書だそうで、読み終えたら代わりに返しておくとのことでございました。書庫は危ないから……とも。意味はわかりませんが」

――読みたいものがあれば、お知らせを。お届けします。

表紙を開くと、紙が一枚はさまっていた。そこに簡単な一言が添えてある。

どくん、と胸が跳ねた。

端正な字だ。彼らしい、と玲枝は思う。

胸の奥を、ぎゅっとつかまれたような感覚に襲われた。

「ねぇ、小玉。わ、私……どうしたらいいの？」

「脈ありですよ、お嬢様！　読書に理解ある旦那様は、私も大歓迎です！　しばし、お待ちを！　厨に行って参ります！」

小玉は改めて部屋を出ていったが、なぜ厨に行くのかは、やはりわからなかった。

帰ってきた小玉に事情を聞くと、厨にいる、恋愛の達人たちに教えを乞うていたらしい。

小玉は、本で読んだ物語を厨で話して聞かせるので顔が広い。まだ永泉園に入って十日あまりだというのに、もう縁を作っていたようだ。

「会議は紛糾《ふんきゅう》したのですが……」

「会議をしていたの？」

「しましたよ。そのまま押し倒せ派と、ちらりと足首見せ派が喧嘩《けんか》になって大変でした。

明日も引き続き会議がありますので、早めに休ませていただきます」

小玉は、疲れをにじませた声で挨拶をすると、部屋を出ていった。

ふくらんだ腹をさすっていたので、悩み事が食欲に繋《つな》がる性質らしい。

(でも、押し倒せ派って？……大丈夫なの？　その会議)

不安はあるが、玲枝の知恵には限りがある。恋も知らず、愛も知らず。友人も持てず、自分以外の妃たちと、まともに関わったこともない。

仙人の置いていった書には、結婚の仕方も、恋の作法も書かれてはいなかった。

藁《わら》にもすがる思いで、賢人たちによる厨房《ちゆうぼう》会議の答えを待つことになったのである。


そうこうしているうちに、数日が過ぎた。

二人の親王が狩りを終えて戻ってくるという報せと、舟遊びの誘いがあったのは、同じ日のことだった。

永泉園には、舟を浮かべられるだけの大きな池がある。玲枝も、到着した日に馬車の中から見て、その規模には驚いたものだ。

(無理よ、無理！　そんなことしたら、顔を見られてしまうわ！)

狭い舟で向かい合わせに座れば、嫌でも距離は近づく。いくら扇《おうぎ》で顔を隠していても、舟の揺れ一つで、簡単に顔を見られてしまうだろう。細身の体形も、間近で見れば明らかだ。逃げ場もない。

「こうなったら……いつもの作戦でいくしかないわね」

「はい。お任せを」

小玉は、粛々と湯の準備を始めた。

母は玲枝の発熱を残念がりながらも「調子がよくなったら、貴女もいらっしゃいよ?」と着飾って出ていった。

母は、華やかで美しく、楽しいことが好きな人だ。

楓親王との縁談がまとまれば、喜ぶだろう。はしゃぐだろう。占いが当たった、とも言うに違いない。

母の背を見送りながら、玲枝は「お許しを」と呟いた。いかに母が汪家の繁栄を喜ぼうと、非業の死だけは迎えさせたくないのだ。

「さ、人も出払いましたし、そろそろ行って参りますね」

小玉が言うように、離れの一角からは、すっかり人がいなくなっている。

それというのも楓親王が、使用人まで宴に招いたからだ。今離れにいるのは、寝室の牀の上にいる玲枝と、看病を理由に残った小玉だけである。

「お願いね、小玉」

「お任せを。会議で三日かけて出した、最高の作戦でございますからね！　ばっちり、がっちり、心を鷲《わし》づかみにいたしますよ！」

小玉は、どん、と胸を叩いた。会議が続き、心なしか顔まわりがふっくらしてきた気がする。

厨房会議が出した答えは——本に押し花をはさんで渡す、というものだった。

押し倒すのは論外として、足首を見せる、歯を見せて笑う、と驚くような案が出ていたので不安だったが、最終的に決まったのは、ごく常識的な案であった。

慎ましやかで、かつ意味深、と満場一致で決まったそうである。厨房会議は、最終的に二十人ほどの大所帯になっていたと聞く。

作戦を託した小玉を見送ったあと、玲枝は牀から下りた。

鏡が、そこにある。

椅子《いす》に座り、玲枝は自分の顔を見つめた。

多くの人が、玲枝を美しいと言う。第二世を含め、これまで様々な言葉で、美を称《たた》えられてきた。仙人の話では、玲枝の死後、なんとかという詩人が、なんとかという詩を叙したそうだ。

しかし、この顔が招いたものは、多くの悲劇でしかない。

美しさは罪だ——と誰ぞが言っていたが、責任転嫁も甚だしいと思っている。惑った挙句、愚行に走った男の罪まで被せられては敵《かな》わない。いい迷惑だ。

(好いた人にだけ、美しいと思ってもらえたらそれでいいのに……)

はぁ、とため息をつく。

念のため、目鼻立ちの印象を殺す厚化粧でもしておこう、と思い立ち、化粧道具に手を伸ばした時——

「……ッ!」

鏡に、自分ではない人の顔が映っているのに気がついた。

弾かれたように振り返った拍子に、鏡が床に転がり、化粧道具も落ちる。

——楓親王が、そこにいた。

「はは、驚かせたな。すまない」

とっさに、顔を袖で隠す。

顔を見られるわけにはいかない。——いや、もう見られただろうか。

(どうして、ここに楓親王が⁉ 舟遊びをしてるんじゃなかったの?)

今、離れには玲枝以外に人がいない。

小玉が戻るまでは、まだ間があるだろう。――危険だ。

「そなたに恋焦《こ》がれるあまり、つい足が向いてしまった。許せ。――舟遊びは嫌いか？」

「………」

袖の合い間から、楓親王の顔が見える。

（こんな顔をしていたのね……私の夫は）

夫だった人だが、顔を、間近で、正面から見るのははじめてのことだった。

婚儀の時は赤い面布越しであったし、閉じ込められてからは床しか見ていない。

（知らなかったわ。全然）

たしか今年で二十歳《はたち》のはずだ。若さの割に荒《すさ》んだ顔をしているのは、酒のせいだろうか。今も呼気が酒くさい。貼りついているのは下卑《げび》た笑み。鼻筋の通った、端整なはずの顔立ちも台無しだ。

新鮮な驚きは、間を置かず嫌悪に変わっている。

今、楓親王が熱心なのは、まだ玲枝が自分のものになっていないからだ。

ただ、それだけ。

狩りは好きでも、手にした獲物への興味は持続しない。第二世では、玲枝だけでなく第二妃も飽きられていた。正妃は言うまでもない。どちらも、折れそうなほど細身であったにもかかわらずだ。玲枝との婚約期間に関係ができた芸妓出身の第四妃も、半年ほどで飽きられたと聞いている。

「……もったいないお言葉でございます」

「私の舟に乗るといい。そなたと、ゆっくり話がしたい」

「殿下、もったいないお言葉でございます」

「なんと奥ゆかしい。……遥々《はるばる》桂州まで来た甲斐《かい》があったな」

出ていけ——とは言えない。

同じ寝室に入るなど、兄妹《きょうだい》であってさえ避けるもの。この場合、入ってきた楓親王に圧倒的な責がある。だが、人に知られれば、傷がつくのは玲枝の名だけだ。

拒絶をした場合の、報復も怖い。

（どうしよう……どうすれば……）

楓親王が、近づいてくる。

慌てて後ろに下がったせいで、椅子が倒れた。

「あ……」

椅子が足に当たって、とっさに手の位置を下げてしまった。

（いけない！）

顔が――と思った時には、もう腕をつかまれていた。
目の前に、楓親王の顔がある。
額《ひたい》にできた吹き出物まではっきり見えた。
――美しい。
口が、そう動いたのがわかる。
目が潤み、頬が紅潮する様で、気づかざるを得ない。
楓親王は、玲枝に恋をしたのだ。
（もし、楓親王から逃げられなかったら――死のう）
恋する男の潤んだ瞳を見つめながら、そう思った。
望まぬ相手からの恋など、不幸の種でしかない。いや、禍そのものだ。
「中原《ちゅうげん》一の美女とは、そなたのことだ。……私の妻になるに相応しい」
がばっと抱え上げられ、玲枝は「きゃあ！」と悲鳴を上げた。
そのまま、牀に放り出される。
玲枝は、恥を知りなさい――という言葉の代わりに、
「主の不在にその娘を盗み見るに似たり！」
と叫んだ。『常士礼監《じょうしれいかん》』という書の一説だ。仙人にもらった本の中にある。

「……はぁ？」

「それ冒《おか》す者は士にあらざり。盗《とう》とのみ呼ぶ！」

士たる者、他者の案を剽窃《ひょうせつ》するような真似は慎むべきで、父親の留守に娘をのぞき見するほど恥ずべき行為だ――と士の在《あ》り方を説く件である。

「ば、馬鹿にしているのか⁉」

楓親王が叫び、覆《おお》いかぶさっていた上体を起こした。

その隙に、玲枝は必死に牀から這《は》い出す。逃げねば。逃げねば、終わる。

こんなところで、こんな男の好きにされるなど真っ平ごめんだ。

(国が滅びて困る人、恨むならこの男を恨んで！　全部、全部、この男のせいだから！)

玲枝は牀から転げ落ち、そのまま窓の方へと這い進んだ。

幸い、楓親王は「興が削がれた！」と捨て台詞《ぜりふ》を吐き、寝室から出ていった。

足音が、遠ざかっていく。

「た……助かった……」

身体の力がどっと抜ける。

玲枝はたどりついた窓辺の壁に背を預け、大きなため息をついた。

「――無事だな？」

突然、窓の向こうから若い男の声がした。

「きゃ！」

玲枝は悲鳴を上げたが、腰が抜けたのか、身体が思うように動かない。

だが、すぐに逃げる必要はないと気づいた。

窓の向こうから聞こえたのは、柏親王の声だったからだ。

この壁は、庭に面する露台《ろだい》を兼ねた廊下に繋がっている。恐らく、そこに柏親王はいるのだろう。

「驚かせてすまない。兄が宴の席を抜け出したので、もしやと思って様子を見にきたのだ。

……馬鹿が迷惑をかけたな。詫びて済むものでもないが……すまない」

しゃりん、と音がした。剣を鞘《さや》に収めたらしい。

そうと気づき、玲枝の血の気はサッと引く。

（え⁉　ちょっと待って、それはまずいわ！）

柏親王は、そうでなくとも浩帝に疎まれている。

親王同士の刃傷沙汰《にんじょうざた》など、冷遇を助長するようなものだ。

第二世を知る玲枝には、わかる。冷遇の行きつくところは――死である。

「い、いけません！　私のような者のために、そのようなことをなさっては！」

「無体を働いたのは、兄の方だ」

「柏殿下のお立場が、悪くなります！」

柏親王に死なれては困る。これは第三世の課題の一つだ。

「……私のことなど、案じなくていい」

窓の向こうで、柏親王が苦笑したのがわかった。

そのザラリと乾いた声に、胸がぐっと切なくなる。

（あぁ、でも、この方は心根のまっすぐな方だから……こういう曲がったことを放っておけないんだわ！）

父親への諫言で、命を落とした人だ。枉《ま》げられぬ正しさを、心の内に持った人なのだろう。だが、だからこそ、彼を危険にさらしたくない。――守らねば、と思った。

「なにをおっしゃるのです。国のために、必要なお方ではありませんか」

「私一人いなくなっても、世はなにも変わらない。目の前で行われる非道を正すために使えるのなら、本望だ。先ほどの兄の行動は、明らかな非道だった」

――放っておいて！　馬鹿な女が一人死んだって、誰も困らないじゃない！

いつぞや、仙人に向かって発した、自分の言葉を思い出す。

――貴女に死なれると、国が滅びるんだ！

仙人が、返した言葉も。

事情は同じだ。玲枝も、柏心に死なれては困る。

だが――違う。

（……そういうことじゃない！　そうじゃないの！）

玲枝が伝えたいのは、そんな利害の話ではない。

第二世での、柏親王の命がけの諫言は正しかった。けれど――その陰には、彼の命の軽さがうかがえる。

父に疎まれた孤独は、彼の、彼自身の命への執着を、目減りさせてはいなかったろうか。

蔵の火災を前に指揮を執った勇敢さも、その証《あかし》のようにも思えてくる。

清い心。まともな感覚。そして、命の軽視。それらが、柏親王の悲劇を招いたのではないだろうか。

「私は――嫌です」

窓の向こうに、玲枝は伝えた。

「……申し訳ない」

「もっと、御身を大切にしていただきたいのです」

「お互い様だ。先ほど、そなたも言っていた。――私なぞのために、と」

思いがけない反論に、玲枝は、

「言いました？　私——言ったかも……いえ、言いましたわ」

とひととおり記憶をたどってから、認めた。

実際、思っていたのだから口にしていても不思議はない。第三世の玲枝の命は、常に軽い。いざとなったら、死んで解決しよう、と思っているくらいだ。

「私も、嫌だと思った。もっと自身を大切にしてほしい。はじめて会った時から、貴女はどこか捨て鉢《ばち》だった。——まるで人生に飽いたように」

玲枝は床から身体を起こし、牀の上に腰を下ろした。

（あぁ……坤社院に入りたいとか、なんとか……いろいろ言ったわ、そういえば）

あの火事の時の失態が、次々と蘇《よみがえ》ってくる。

玲枝は、額を押さえてため息をついた。

「……申し訳ありません」

「謝らないでくれ。……貴女をそうさせたのは、思い人なのであろう？」

うつむいていた玲枝は、ぎょっとして頭を上げる。

（……思い人？　なんの話？）

まったく、なんのことかわからない。

夫を持ったことはあるが、恋などした記憶はなかった。

「そのような者は、おりません」

実にきっぱりと、玲枝は伝えた。嘘はない。

「貴女より年下の……私と、顔がよく似ているという……」

勘違いの理由に思い当たり、玲枝は顔を両手で覆った。

蔵が焼かれた日、柏親王を仙人だと誤認したまま進行した、一連の会話のことを言っているのだ。最悪な記憶である。

（なんで！　私は、あの時あんな余計なことを言ったのよ！）

恥ずかしい。穴があったら入りたい。

誤解を解こうにも、孫と間違いました、などと言えるわけもない。

「それは――」

とっさに、口ごもる。

「親しい間柄の者がいるのかと……思った」

その柏親王の声ににじむものに、以前の玲枝だったら気づけなかったろう。

だが、厨房の賢人たちから知恵を得た今ならば、わかる。

（妬《や》いて……らっしゃる？）

とくん、と胸が波打つ。

同時に、頰が、かぁっと熱くなった。

「お、弟です。弟と間違いました。あの時は、暗かったですし……」

とっさに誤魔化したが、口にしてみると存外しっくりくる。「そう弟、弟と間違えました」と繰り返した。

「弟御……」

「それで……その、喧嘩をしたあとだったので、つい強い口調に……」

「そ、そうか。これは、早とちりをしたな。てっきり、思い人があるがために、兄を避け、世を儚んでいるのかと思った」

顔は見えない。けれど、柏親王が安堵したのが伝わってくる。

玲枝に思い人がいない、と知って、彼は安堵したのだ。

（なんというか……可愛らしいお方だわ）

若さゆえのまっすぐさが、どうにも眩《まぶ》しい。

相手は十八歳。こちらは実質三十三歳。二度の結婚まで経《へ》ている。罪悪感やら背徳感やらがごちゃ混ぜになり、どう反応すべきか決めかねた。

戸惑う。しかし——今は、道標がある。

——厨房の賢者曰《いわ》く、好意は階段のようなものだという。

相手が一段上ったら、自分も上がるか、留まるか、はたまた下がるかを決められる。

(私が、決める……この好意に、応《こた》えるかどうかを。——応えたい)

答えは、すぐに出た。

十六歳の頃にはできなかったことが、三十三歳の今ならばできる気がする。

ありったけの勇気をふり絞り、玲枝はおののく唇を動かした。

「恋は……知りません。でも、蔵の燃えた日から……あるお方のことを考えると、夜も眠れなくなりました……」

声が、震える。

自分の心臓の音が、ひどく大きく聞こえた。遠くの、鳥の鳴き声も。

だが、柏親王からの反応はない。

それでも、わかった。これが雄弁な沈黙であることが。

「話を変えてすまないが……舟遊びは、好きか？」

長い沈黙のあと、柏親王が尋《たず》ねてきた。この質問は、私の舟に乗らないか？　という意味に違いない。

玲枝は、好意の階段を上り、柏親王は、さらに一歩を上がった。

あとは――応えるだけでいい。あと一歩。同じ舟に乗れば、この思いは成就する。

（やったわ！　やった――！）

玲枝は、拳《こぶし》を握りしめた。

いろいろと失敗は重なったものの、よい方向へと確実に進んでいる。

「……急ぎ、仕度をいたします」

紫陽花《あじさい》の葉が雨粒を弾くほどのか細い声で、返事をした。

「舟で待っている。話の続きは、その時に。……ありがとう。貴女の優しさに、救われた思いだ。これからは、できるだけ自分を大切にする。できれば――貴女も」

柏親王は立ち上がったようで、声の位置が変わる。

足音が遠ざかっていくのを名残《なごり》惜しく聞きながら、玲枝は、

「私も、救われました」

と呟いていた。

長く、孤独であった。

第二世の人生でも、第三世がはじまってからも、ずっと。

彼と過ごした時間は、孤独の渇きを忘れさせてくれた。

「まぁ、お嬢様！　これはなんの騒ぎですか！」

戻ってきた小玉が、仰天している。

椅子は倒れ、鏡や化粧道具が床に落ち、牀の上の布も乱れていたからだ。

けれどすぐに、悲鳴は歓喜の声に変わるだろう。なにせ、厨房の賢人たちの助言は、確実に活きたからだ。

風向きが、変わっている。

運命は変わる。変えられる。

この時の玲枝は、天にも上るような心地であった。


広い池の上に、色とりどりの日傘が浮いている。まるで花畑だ。

岸では酒食が振る舞われ、十人もいる楽士たちが、軽やかな音楽を奏でていた。

親王たちの狩りの成果か、大きな肉の塊《かたまり》が、次々と運ばれている。

「さぁ、勝負の時でございますね！」

「ええ。……行ってくるわ」

扇で顔を半ば隠しつつ、意気揚々《ようよう》と桟橋《さんばし》の方へと近づいていく。

きょろきょろと忙しく動いていた目が、岸に近い一艘《いっそう》を見つけ、輝く星を宿す。

（あ、いらした……！）

舟の上で手を振っているのは、柏親王だ。もう一つの席は空いている。

その笑顔を見ると、思わず口元が綻《ほころ》んでいた。

舟は小ぶりで、船頭を除いて二人乗りだ。

これだけの人目のある場所で、若い男女が一つの舟に乗れば、婚約までそう時間はかからないだろう。

運命の変わる瞬間が、近い。

玲枝の足は、軽やかに桟橋を踏む。

――その時だ。

(……ッ！)

ぐい、といつの間にか横にいた汪刺史に、腕をつかまれていた。

「その舟には乗るな。あちらの――楓殿下の舟に乗れ」

汪刺史が示す先には、楓親王の舟がある。

一緒に乗っているのは、派手な装いの芸妓――あれは、紅娘《こうじょう》だ。玲枝が第二世で楓親王府に輿《こし》入れしたあとで迎えられた、第四妃である。

(こんな頃から縁があったのね。っていうか、この人を連れたまま、私との縁談を進めようとしてたの？　呆れた！　あぁ、もう、あの紅珊瑚の簪も、私のと同じじゃない！)

彼女は貴族ではないため正式な妻ではなかったが、親王府では妃として扱われていた。正妃はそれを認めていなかったようで、楓親王の死後は、妓楼に売られている。

「おぉ、玲枝。待ちわびたぞ。さ、乗れ、乗れ。お前は邪魔だ、降りろ！」

楓親王は、第四妃になる予定の女を邪険に降ろし、玲枝を乗せようとしている。紅娘は「まぁ！」と憤慨《ふんがい》して、ぷいと顔を背けていた。この勢いで縁が切れれば、彼女にとっても幸いなのではないかと思う。

（こんな男の舟に乗りたくない！）

元夫への嫌悪に、全身が粟立《あわだ》つ思いだ。

運命の問題ではなく、玲枝の身体と、心が、楓親王を拒んでいる。

「乗るんだ、玲枝。逆らうな」

逃げたい。だが、父の手が許さない。

「父上。わ、私は――」

「この縁談は、魯家の意向でもある。魯将軍は、近く皇太子に娘を差し出す。第五妃だ。未来の皇后《こうごう》位も視野に入っているだろう。男児の誕生も望まれる。そんな時に、美しいお前が、皇太子に迎えられるのは都合が悪いのだ。楓親王の妻に収まってくれれば、汪家も栄え、魯氏も栄える。いいことずくめだ。――わかるな？　私もそろそろ中央に足掛かりが欲しい」

魯家は、皇太子が玲枝を手に入れるのが怖い。

汪家は、魯家に恩を売りつつ娘を親王妃にしたい。

うまく両家の欲は一致している。一致していないのは、玲枝の心だけだ。

(嫌！　もう、二度とあの人の妻になんてなりたくない！)

汪刺史は、娘の心などお構いなしに背を押した。

舟の上で待つ楓親王は、にやにやと品のない笑みを浮かべ、玲枝を上から下まで眺めている。第二世より一層痩《や》せた姿は、さぞ彼の目を楽しませていることだろう。

それがまた、たまらなく腹立たしい。

玲枝の身体は、この男を喜ばせるためにあるのではない。狩られるためでも、飽きられるためでも、もちろんなかった。

「さ、来い。舟の上で、ゆっくり語らおうではないか。――先ほどの無礼は忘れてやる」

楓親王が言うのに、汪刺史は「申し訳ございません。粗忽《そこつ》なところは、母親譲りで」と謝っていた。

(どちらが無礼よ！　勝手に寝室に入ってくる方が、よほど無礼だわ！)

心の中では怒っていても、それを示す術《すべ》がない。

楓親王が、手を差し出す。

ここまで——なのかもしれない。

ふいに、怒りが萎《な》えた。代わりに肥大化《ひだい》したのは、諦観《ていかん》だ。

——同じ過ちを繰り返すだろう。

——しょせん女だ。期待はできん。

第二世で聞いた、柯氏の薬師たちの会話が頭に響く。

「さぁ、行け、玲枝」

汪刺史が、玲枝の背を強く押す。

楓親王が、玲枝の腕を強く引く。

「……あ……」

倒れ込むように、足が舟にかかった。

ぐらりと舟が揺れ、不安定な身体を、楓親王の手が支える。

辺りから、人の声が聞こえた。まぁ、あら、と感嘆に似た声も。

人の目には、親王に見初められた幸せな娘に見えるのかもしれない。実際は、地獄に続く道を、踏み出しただけだというのに。

楓親王は、思いがけぬ丁寧さで玲枝を席に座らせた。

舟が、ゆっくりと動き出す。

「そなたが気に入った、玲枝。曜都に連れていってやろう。――太后様の体調が優れず、婚儀はまだ先になるが。まったく、なんでも慎め、慎め、とそればかりだ。つまらん。今回の狩りも、快癒《かいゆ》祈願との名目がなければ、止められていただろう。兄上の悪知恵には感謝する他ない」

「……左様でございますか」

扇越しの、ねばつく視線に肌が粟立つ。

これからの人生を、この男の機嫌を損ねぬように――恐らくは無理だ――生きていくのかと思うと、絶望しかない。

「簪は気に入らなかったか？　別のものを贈ろう。なにがいい？　そなたの望むものを、なんでも与えるぞ。どうだ？　なにが欲しい？」

「もったいないお言葉でございます」

「なんと慎ましい！　そなたのように美しく、慎ましい娘を、ずっと探し求めてきたのだ。俺は、幸せな男だな！」

厨房の賢人曰く――男は、獲物を追う性《さが》を持っている。

女を最も魅力的に感じるのは、つれない背を追う時だそうだ。

かといって、それも一定の水準を超えると、怒りを招くらしい。

楓親王の態度も、近々攻撃的なものになると想像ができる。

（ああ、いっそ、このまま身投げでも――え？）

見つめた水面に、激しく動く櫂《かい》が見えた。

キラキラと、飛沫《しぶき》が輝く。――別の舟が、横に並んだ。

「玲枝！」

名を呼ばれ、玲枝は顔を上げた。

そこに、柏親王がいる。近づいてきた舟が、柏親王のものだと気づいた瞬間、身体が勝手に動いていた。

「殿下！」

立ち上がり、柏親王のいる方に腕を伸ばす。扇が手から落ちたが、気にする余裕はない。

舟が大きく、ぐらりと傾ぐ。

「柏心！　お前……！　なにをする気だ！」

「腹下しを使わないだけ、ありがたく思っていただきたい！」

柏親王は、双方の舟の漕手《こぎて》に「すまんが、こらえてくれ！」と頼むと、片足を楓親王の舟にかけ、玲枝の身体をひょいと持ち上げた。

「きゃあ！」

なにがどうなったやらわからぬまま、柏親王の舟の上に下ろされる。

「腕を見せてくれ！　張二《ちょうじ》！」

船頭が笠の下で「お任せを！」と応じ、舟は素晴らしい勢いで動き出す。

必死に縁につかまっているうちに、揺れも次第に収まっていった。

覚えてろよ！　とわめく楓親王の声も、遠い。

憤慨しているであろう父の姿も、見えなくなった。

玲枝は顔を上げ、柏親王を見上げる。

柏親王も、玲枝を見つめていた。

二人は短い沈黙のあと、揃って噴き出し、声を上げて笑う。

「信じられない！　まるでお芝居みたい！」

「申し訳ない。さすがにやりすぎた。――怪我はないな？」

ひととおり笑い収め、玲枝は今更のように袖で顔を隠した。

袖で顔を覆ったまま、ゆっくりとうなずく。

「はい、殿下」

怪我はなかったが、あったところで構わない。地獄へ向かう道から、一族全員を救い出してもらったのだから。

すでに岸は遠く、辺りには他の舟もいない。

静かだ。帰れば父の激昂《げっこう》が待っているだろうが、今だけは忘れたい。

穏やかな沈黙のあと、

「……舟遊びは、好きか？」

柏親王が、尋ねてきた。

「今のが舟遊びなのでしたら、好──」

言いかけて、玲枝は言葉を止めていた。

胸の内に、怯《おび》えが芽生えている。

一点の染みが、じわり、と広がり、玲枝の顔から笑みを消した。

「どうした？」

「……怖いのです」

「舟遊びが？」

「いえ。私が好き……とお答えしたら、お邸に新たな池を作られてしまいそうで」

玲枝が答えると、柏親王はぷっと噴き出した。

そうだ。それが普通だ。玲枝は、柏親王のまともな感覚に安堵する。

「申し訳ないが、私の邸はそれほど広くはない。もっと単純な質問だ」

「それならば……あまり好きではありませんでしたが、今は楽しい。生まれてから今までで、一番というくらい」

不安が解け、ふふ、と、玲枝は笑った。

袖の間から見える柏親王も、笑んでいる。

爽《さわ》やかな笑顔には、まだほんの少しの幼さが残っていた。

若者らしい無邪気さを、好ましく思う。

しかし、その笑みが、ふっと消えた。

「――貴女に、伝えねばならないことがある」

玲枝が思うに、もう道は、二つしかない。

求婚するか、求婚しないか。

ここまで派手な真似をしたからには、前者以外ない――と思うのだが。

(なに？　なにを言おうとしているの……？)

柏親王の表情の変化は、玲枝に嫌な予感を覚えさせた。

「……なんでございましょう？」

心の内の動揺を押し殺し、玲枝は穏やかに尋ねた。

「ずっと、妻は一人だけで十分だと思っていた。子は、あってもなくてもいい。共白髪まで、互いに、互いを労《いたわ》りあいながら生きていきたいと」

どくん、どくん、と大きく胸が波打っている。

嫌な予感だけが際限なく膨らんでいき、呼吸さえ苦しい。

「……はい」

「私は来月、妻を迎える。皇族の務めで、決して断ることはできない」

玲枝は、ぎゅっと目をつぶった。

冷たい手で、心の臓を鷲づかみにされたような感覚だ。

（あぁ……やっぱり、箍《たが》は外せないの？）

なんと運命は残酷なのだろう。

一筋見えたかに思われた光明が、儚く消えようとしている。

「さ、左様でございますか……おめでとう……ございます」

運命の箍が消えないのなら、人生をやり直す必要はない。無駄だ。なにもかもが、無意味だ。虚《むな》しさに、生きる気力まで奪われてしまいそうになる。

──いや、違う。

玲枝が今傷ついているのは、未来への道が閉ざされかけているからではない。

柏親王が、自分ではない人を妻に迎えるからだ。それが、ただ、悲しい。

「……玲枝」

名を呼ばれると、涙がぽろりとこぼれた。

柏親王の手が、顔の前で重ねた玲枝の手に重なる。

ごく自然に、玲枝は腕を下げていた。

涼やかな、冬の夜空に似た瞳が玲枝を見つめている。

この清《すが》しく美しい人の目に、自分はどのように映っているのだろう。千の称賛も、今は意味がない。誰もが惑う、誰もが恋をする、との言葉も、空しいばかりだ。

ただ、目の前にいる人に、美しいと思われたい。

それだけでいい。他の誰を惑わす力など要らない。一人だけでいい。

玲枝の姿に、人を惑わす力があるのなら、惑わせたい。

「申し訳ありません、涙など。……でも――私……」

涙に濡れた胡桃《くるみ》色の瞳で、まっすぐに見つめ返す。

「妻をこれから迎えるはずの私が、今、どうしようもなく貴女に惹《ひ》かれている。貴女の勇敢さも、健気さも、すべてが愛《いと》おしい」

押し寄せる強い感情に、この時名がついた。答えは、柏親王の言葉の中にあった。――

愛おしい。
（私は――）
第一世で送った最後の三年を、玲枝は知らない。
けれど今、はっきりと理解できた。
（この方と、恋をしたんだわ）
最初の夫の弟。次の夫の息子。
そんな相手と恋をする後ろめたさは、当然あっただろう。
気の咎《とが》めは想像できる。しかし、それらの障害を越え得る熱も、容易《たやす》く想像できた。
玲枝は、柏親王の子を産み、そして死んでいった。
柏親王は、玲枝の死後まもなく、謀反《むほん》人として殺されている。
この恋は、人を裏切り、自分たちの命を奪った。
「殿下……」
「貴女と、共に生きたい」
玲枝が恋をしたように、柏親王も玲枝に恋をしたのだ。
その目を見れば、わかる。
――恋をした。そして、恋ゆえに死んだ。

ごく自然と、決意は固まっていた。――この人を守りたい、と。

そっと手が触れ合った。

「私……殿下をお守りしたい」

柏親王は少しの驚きを見せたあと、柔らかく微笑んだ。

「なんと勇ましい人だ。私の方こそ、貴女を守ると誓うべきなのに」

「きっとお守りします。――だから、共白髪まで、お傍《そば》にいさせてくださいませ」

この道は、正しい。

出会うべくして出会い、惹かれるべくして惹かれた。

ぎゅっと手を握ると、同じだけの力で握り返される。

「どうか一年待ってほしい。きっと、貴女を堂々と迎えてみせる」

「はい。――殿下」

「柏心と、呼んでほしい」

「……柏心様。私、お待ちしております」

玲枝が名を呼ぶと、柏心は嬉しそうにくしゃりと破顔した。

人と心を通わす喜びを、はじめて知った。

池に浮かぶ舟の上、手を重ね、目を見かわし。

玲枝は新たな人生の扉を、柏心と共に開けたのだった。

――一年後。

婚約の直後に太后が薨去《こうきょ》。喪《も》が明けるのを待ち、玲枝は桂州を発《た》った。

そして曜都に入り、今日にも婚儀を行うはずが――

「殿下がいらっしゃらない？　婚儀の当日だぞ。どういうことだ！」

汪刺史の激昂する声が、瀟洒《しょうしゃ》な構えの宿に響いた。

玲枝は花嫁衣裳に着替えている最中で、訪ねてきたのは柏親王の家宰《かさい》であった。

仕度の手を止め、玲枝は、小玉と共に隣室の会話に聞き耳を立てる。

「本日未明、天祥城《てんしょうじょう》より勅《ちょく》を賜り、鎮西府の守将に任じられましてございます。前任の魯将軍が都護《とご》軍大旗《たいき》に任命され、殿下は勅を受けた直後に発たれました。婚儀は殿下がお帰りになられてから行います。それまで、第二妃様は親王府でお過ごしください」

玲枝は、囁き声で「まぁ」と声を上げていた。

（婚儀の当日に？　そんな勅を、陛下がお出しになられたの？）

第二世において、魯将軍は失脚する直前まで鎮西府の守将で、柏親王は毒を賜るまでは都護軍の一翼を担《にな》っていたはずだ。地方より、中央の役職が重いのは世の常。第二世と比べ、魯将軍が栄転し、柏親王が左遷《させん》された――ということだろう。

変化が、望ましくない方向に起きているようだ。

（柏心様をお守りするのは、簡単なことではないのね……）

今後、玲枝の運命は彼と同じ軌跡をたどるのだ。婚儀の前から、早々に暗雲がたれこめる様には、落胆《らくたん》せずにいられない。

「だから！　だから、私は反対したのだ！」

家宰が帰ったあと、父の怒鳴り声が聞こえていた。

がしゃん、と音がしていたので、またなにか壊したのだろう。

楓親王との縁談が幻《まぼろし》と消えてから、父はひどく荒れている。

舟遊びの日の夜など、玲枝の母に手をあげ、庇《かば》った玲枝も突き飛ばされた。燃やされた蔵の弁償が打ち切られてからは、さらに悪化したように思う。

汪刺史は、玲枝が花嫁衣裳を脱いでいる間に、桂州へと帰ってしまった。別れの挨拶の一つもない。第二世の楓親王との婚儀では、過ぎるほど酒を飲み、歌まで歌っていたというのに。

（お許しを。父上）

汪刺史の目には、恋の熱に浮かされた娘の、愚かな決断のように見えているのだろう。

しかし、こちらにも譲れぬ道理があるのだ。

「さ、準備にかかりましょう、小玉」

「はい、お嬢様」

一年の準備期間、この日に備えてきた。

――永泉園の厨房会議から生まれた、秘伝の書を使って。

厨房に留まらず、小玉は伝手《つて》という伝手を使って、人間関係の極意を町中の人から聞き集めた。その集大成が、この書だ。原点が厨房であったところから、厨房の書、と呼んでいる。

厨房の書・第二章。姑《しゅうとめ》・小姑《こじゅうと》編。

目上の女性との関わりの極意である。嫁ぎ先の正妻にも応用が利く。

これから玲枝が対峙《たいじ》するのは――柏心の正妃である。

巻物をしゅるりと開き、卓の上に広げる。すでに暗唱できるほど読み込んだが、気持ちを引きしめるためにも、文字を目に入れておきたい。

「『着物は、嫌味なく落ち着いたものを選ぶべし』……霞《かすみ》色でいきましょう」

「はい。『髪飾りは簡素に』……こちらの、銀の簪だけがよろしいですね。『耳飾りは不要。特に派手な指輪は避けるべし』……『爪は短く切り揃えるべし』……『手土産《みやげ》は、高価ではないが、気持ちの伝わるもの』――こちらは、ばっちりです」

サッと小玉は、壺《つぼ》を卓の上に出した。

中に入っているのは、桂州名物の梅漬けである。

「ありがとう、小玉。それから……『化粧は薄く』ね」

「はい。これで、ぐっと正妃様の心をつかみましょう！」

「そうね。賢人たちの言葉を、信じるわ」

まずは足場を固めたい。存在の軽さは、女にとって不幸のもと。

正妃との良好な関係は、不可欠である。最優先事項だ。

「結局、正妃様のことはなにもうかがえませんでしたね。お名前さえわからないなんて。

まぁ、桂州の梅漬けを嫌う人はこの世にいないので、心配はしておりませんが」

この一年、柏心とは何度も文《ふみ》を交わしている。

しかし、正妃に関する情報はほとんど得られていない。あえて避けている可能性もあり、
踏み込んだ質問もできていなかった。

「ええ。桂州の梅漬けなら、絶対に喜んでいただけるわ。……さぁ、行きましょう」

こうして、厨房の書に従い仕度を整えた玲枝は、柏親王府へ――新たな戦場へと向かったのであった。

――異様な雰囲気であった。

柏親王府は、古めかしい建物だった。本人が言っていたように広くはないが、門や前庭も手入れが行き届き、主の人柄を思わせる。心地いい空間だ。

柏親王府に到着した玲枝は、まっさきに正妃への挨拶を希望した。

老いた家宰は戸惑いつつ、離れへと案内してくれたのだが――

(ここが……本当に正妃様のお住まいなの？)

美しい庭を遠慮なく侵食し、物干し台が置かれている。干されているのは、独特なにおいのする草――恐らくは薬草だ。

なにかの間違いではないか、とは思ったが、先触れもせず立ち去った家宰は、たしかに「正妃様は、離れにお住まいです」と言っていた。

「厨房の書を思い出しましょう、奥様」

小玉は、梅漬けの壺を抱えたまま、そう囁いた。

「そうね。……姑・小姑編第五節。『変わった趣味こそ分かちあうべし』ね」

ある官吏の家では、芝居好きな姑と嫁とが、趣味を通じてよい関係を築いたそうだ。

重要なのは、同じ役者を好きにならぬことらしい。第二節『あらゆる点において、相手をしのぐべからず』。同じ役者を好むと、要らぬ対立関係が生まれかねない。ある家では、姑が嫁に対抗して役者に金を包みだし、雨漏りも直せぬほど困窮《こんきゅう》したという。

（きっと、正妃様は変わり者なんだわ。……そんな予感がする）

この空間が醸《かも》し出す雰囲気から、察せられるものがある。

変わり者は、往々にして孤立しがちなものらしい、と第五節の注釈に書かれていた。ここは慌てず、騒がず、理解を示すのが無難だろう。

「あら、奥様。あちらに下女がおりますよ」

美しい庭の真ん中に、女がいる。

手入れの行き届いた木々に囲まれ、鉈《なた》を持ってる。――切る気らしい。

「案内を頼みましょ――いえ、待って」

「……どうなさいました？」

「姑・小姑編第一節」

玲枝が呟くと、小玉はハッと息を呑んだ。

姑・小姑編第一節。――『あらゆる女の属性を、外見だけで判ずるべからず』。

「まさか――」

庭仕事をする女を、親王の正妃だとは誰も思わないだろう。

しかし、だからこそ間違ってはならぬのだ。

「お仕事中、失礼いたします」

「………………」

声をかけると、女が振り返った。

服装こそ下女のようではあるが、少し高くなった場所から見下ろす表情には、人に仕える者の謙虚さが微塵《みじん》もない。玲枝は、自身の判断に自信をもった。

（あら……？　この方、どこかでお会いしたことがあるような……）

どこか、というのが、第二世なのか第三世なのか、思い出せない。

すらりと背が高く、目は切れ長で、涼やかな印象の人である。化粧もせず、髪も簡単にまとめただけだが、己を尊ぶ心の強さは伝わってきた。

「はじめてお目にかかります、姉上様。汪玲枝と申します」

「あぁ……来たのね」

丁寧に玲枝は礼を示したが、正妃は気のない返事をしただけだ。

玲枝は、下げていた頭を上げる。

正妃は庭を畑にする気らしいが、一見したところ、作業は進んでいない。

「姉上様、お近づきのしるしに、細やかではございますが――」

「そういうの、要らないわ。媚《こ》びないで」

手も止めず、こちらも見ず、ぴしゃりと正妃は申し出を遮《さえぎ》った。

小玉は、梅漬けの壺を持ったままオロオロとしていた。

(これは……難攻不落の砦《とりで》だわ)

難しい。だが、諦めるわけにはいかない。

「奥様、今日のところはいったん……」

こそり、と小玉が言うのに、玲枝は首を横に振った。

「いえ、初対面が肝心《かんじん》よ」

玲枝は庭に置かれた庭石を、隅《すみ》に運びはじめた。

黙々と石を運んでいると、

「媚びないでと言ったでしょう?」

と尖《とが》った声が降ってきた。

玲枝は、

「好んでやっております。お気になさらず!」

とだけ返して、石を拾い続けた。

小玉も壺を置き、抜かれて放置されている小木や、無残に折られた枝を運びはじめる。

半刻ほど経ったろうか。疲れで作業がいったん止まった拍子に、

「……乙華《おつか》よ。柯乙華」

正妃が、名乗った。

心を許してくれたのか、と喜んだのは一瞬だった。

（柯……？　この方は、柯氏なの？）

玲枝は、ごくり、と生唾《なまつば》を呑み込んだ。

これまで、正妃に関する情報は、得られていなかった。

他のどんな姓であっても驚きはしなかっただろう。よりによって、柏親王の正妃が柯氏だとは、まったく想定していなかった事態である。

（あ！　あぁ、そうよ。わかった。この方、仙人に似ているんだわ！）

既視感の正体が、やっとわかった。正妃の容姿には仙人に通じるものがある。

仙人とも、柏心ともだ。

背が高く、細面で、色が白く、端整な顔立ち。どこか、水墨画に描かれた仙境の住人めいた雰囲気がある。

柯邑には、千人程度の住人がいるそうだ。仙人が言っていたように、全員が柯姓を名乗っているのなら、必ずしも血縁とは限らないだろう。玲枝が、仙人と、柏親王と、正妃の

三人を似ている、と感じる部分は、柯氏全体に共通する特徴なのかもしれない。

「で、では柯妃様と――」

「乙華でいいわ」

突然明らかになった事実に、玲枝は混乱している。

ただ、乙華の存在が、今後の運命に大きく関わるであろうことは予想できた。

(よかった！　厨房の書のお陰だわ！　今のところ、失敗はしていない！)

幸いにして、ここまでは上手く進んでいる。

玲枝は、ちらりと小玉に目配せした。小玉が、こくりとうなずき、その場を離れる。多少の歩み寄りが得られた今こそ、手土産の出番だ。

間をもたせるため、玲枝はにこやかに話しかけた。気を抜かず、相手に寄り添った会話をせねばならない。

「姉上様。畑にはなにを植えられますの？　日当たりはよくありませんが……」

「薬草よ。日当たりのよくない、湿度の高い場所がいいの。……この薬草は、邑の外では手に入らない。枯らすわけにはいかないわ」

あちらとこちらを畑にしたい、と乙華が指で示す先には、立派な庭がある。

格調高い庭を潰すことに、なんの躊躇《ためら》いもないらしい。

そこに小玉が「休憩には、是非《ぜひ》とも桂州の梅漬けをどうぞ」と梅漬けの皿を載せた盆を持ってくる。

感情の見えなかった乙華の顔が、かすかに綻ぶ。

「あぁ、私、それに目がないの。故郷の味が一番いい」

柯邑は、桂州と鄭州の州境にある邑だ。

そして、干された薬草。薬草を植えるための畑。仙人が言うには、柯氏は皆が薬学を学ぶものらしい。

(この方は柯氏の——薬師なんだわ)

運命の流れが、見えてきた。

柏親王邸には、柏心に預けていた竹簡がある。越世《えっせい》遡行の秘薬・星砕散《せいさいさん》の処方が書かれたものだ。

「この薬草で、どんなお薬を作られるのですか？　頭病みに効きますかしら」

「もっと崇高《すうこう》なものよ。特別な秘薬。一族の悲願を、私が達成するの」

秘薬の製法は、絶えて久しい。

星砕散の完成は、一族の悲願——と仙人は言っていた。

(ということは……竹簡を渡せば、星砕散がこの邸で作れるかもしれない……ってことよね？　なんだか、話が上手すぎる気はするけど……運命って、こういうもの？）

柯氏の薬師と、秘薬の製法が書かれた竹簡。

その二者が、この柏親王府に揃った。運命的でもあり、だからこそ気味悪くもある。

「失礼いたします。お茶をお持ちいたしました」

そこに、茶杯の載った盆を持った侍女らしき女が近づいてきた。

背が高く、顔色の悪い、四十歳ほどの女だ。

（あら……？）

その顔に、見覚えがある。

小玉が礼を言って盆を受け取り「小玉と申します」と名乗った。

侍女は、笑顔で「雪果と申します」と名乗る。

「雪果――」

そうだ。雪果は、第二世で、楓親王の正妃づきの侍女だった女だ。

密告を繰り返し、裏で虐待を主導した存在である。

（どうして、ここに――どうして？）

ひぃぃい、と短い悲鳴のあと、がしゃりと盆が茶杯ごと落ちる。小玉が腰を抜かしたのだ。

逃れたと思っていた楓親王の正妃づきの侍女が、今度は柏親王府にいる。その変化がなにを示唆《しさ》しているのか、まだわからない。
ただ、新たな戦場に立ち込める暗雲は、強く玲枝を恐れさせた。

第三話 花咲ける昂羊宮

星砕散《せいさいさん》の処方が書かれた竹簡《ちくかん》を、乙華《おつか》に見せる機会を狙うこと、半年。

竹簡は、嫁いだ日に家宰《かさい》から受け取っており、寝室の棚に保管されたままだ。

（難しいわ。隙《すき》がない！）

運命の瞬間は、一歩でも乙華の部屋に入れば作り出せる、と思っている。

――まぁ、姉上様。私、その文字を見たことがございますわ。

――これが、我が家に伝わる竹簡でございます。

あの特殊な柯《か》氏の文字をきっかけにすれば、警戒もされないだろう。

（半分焼けた竹簡からでも、星砕散が作れるのかどうか……早く答えが欲しいのに）

厨房《ちゅうぼう》の書に従ったお陰《かげ》で、乙華とは親しくなった。

家宰を説き伏せ、畑専門の庭師を雇ったのが決定打だった。格調高い庭は畑になり――

家宰は衝撃のあまり寝込んでいたが――薬草は、無事に庭で育っている。

乙華とは、毎日茶を飲む間柄になった。しかし――場所は決まって玲枝《れいし》の部屋だ。

畑になっていない庭に面した玲枝の部屋は、くつろぐのには適した場所である。だが、
そのせいで、離れの部屋にはまったく近づけていない。毒薬を扱うことも多いそうで、薬《くす》
師《し》の部屋は、他人を入れぬものであるらしい。

（強引な真似をして、嫌われるのだけは避けないと。遡行《そこう》者だと露見するのも怖い）

乙華は、柯氏の薬師としての自分をなにより優先している。

会話の中で、乙華はしばしば「邑《むら》の人」と「邑の外の人」という言い方をする。同胞《どうほう》と、他の蒼《そう》国人との間に、明確な線引きがあるようだ。特殊な文字や、似通った容姿は、彼らが他国から来て、閉鎖的な空間で代を重ねた証《あかし》なのでは、と玲枝は考えるようになった。

遡行は、切り札だ。遡行者であることも、竹簡を持っていることも、無防備に知らせるわけにはいかない。慎重に振る舞う必要があった。

「貴女《あなた》、本当に刺繡《ししゅう》が上手ね！　嬉《うれ》しいわ、とても」

「姉上様は、すらりと姿がよくていらっしゃるから、図案も大胆《だいたん》にしてみましたの」

玲枝は、にこにこと笑んでいる。

乙華と親しくなるのは悪女回避の一貫だが、なにもかもが計算ずくなわけではない。

気難しく偏屈な乙華は、親王府《しんのうふ》では敬遠されている。

それでも、茶を飲めば眉間《みけん》のシワは消えるし、菓子を食べれば口元も綻《ほころ》ぶ。美しい沓《くつ》を見れば破顔さえする。玲枝は、乙華という人が嫌いではなかった。

二人の関係は、ごく良好であったが――

「ねぇ、玲枝。例の件、考えてくれた？」

「私のような世間知らずの不調法者は、ご迷惑になるだけですもの。どうぞ、姉上様お一人でどうぞ」

　このところ、玲枝は乙華の願いから逃げ続けている。

「でも、私、無理よ」

「姉上様のような知的な方ならば、大丈夫ですとも！」

　──昂羊宮《こうようきゆう》で、観桜《かんおう》の宴《うたげ》が行われる。

　昂羊宮は都の郊外にある、浩帝《こうてい》お気に入りの離宮だ。

　親王妃たる乙華も、この宴に招待されていた。

（なにがなんでも、行ってもらわなくちゃ困るのに！）

　柏《はく》親王府に嫁いで半年。玲枝は厨房の書第三章・財布の紐《ひも》編に従い、邸《やしき》の実務に食い込んでいた。

　だから、身に迫る危機は正しく理解しているつもりだ。国から皇族に支給される金銭には、茶料《ちやりよう》という名がついている。その茶料が、三年前と比べて半額になった。鎮西府《ちんぜいふ》の守将という重い地位にありながら、俸給も一兵卒のそれと見まごう額しか入ってこない。

　浩帝の冷遇は、すでに柏親王府に強い影響を与えている。謀反《むほん》の疑いを避けるためにも、従順な姿勢は必要なはずだ。正妃が不参加となれば角が立つ。

　家宰は「玲枝様も、ご一緒に出席していただけませんでしょうか？」と言い、乙華も

「一緒に来てくれない？」と頼んでくる。しかし――

（絶対に嫌！　絶対に！）

玲枝も、ここは譲れない。

離宮には、浩帝がいる。あの、浩帝が。

第二世において最初の夫だった楓《ふう》親王は、第三世でも玲枝を手に入れようとしていた。何度人生を繰り返しても、人の性質は変わらないのだ。つまり浩帝も、玲枝を気に入る可能性が高い。

「私、貴女と一緒じゃなくちゃ行かないわ」

「姉上様、それは――私のような不調法者は、ご迷惑をおかけするだけですし……」

そんなわけで、この押し問答は十日あまり続いているのだ。

諦《あきら》めた乙華が帰っていき、部屋の外で待機していた侍女《じじょ》の雪果《せっか》も去っていく。

「……困りましたね」

小玉《しょうぎょく》が、眉を八の字にしている。

半年前、雪果を見た時は腰を抜かしていたが、すぐに落ち着きを取り戻した。嫁ぐまでの準備期間に、玲枝は小玉に『夢』の内容をすっかり話している。雪果の登場によって、小玉はいよいよ夢に疑いを持たなくなった。今は、穏やかな暮らしと豊かな老後のため、共に闘う同志だ。

目下の課題は、柏親王府での足場を固めることである。

ここは幸いにして、楓親王府ではなく、柏親王府だ。正妃との関係さえ良好であれば、侍女からの加害は防ぎ得る。逆に利用し、彼女の目的を探ろう――というのが、二人で立てた作戦である。

小玉は雪果と親しくなり、情報収集に勤《いそ》しんでいた。

腰を抜かした件については、死んだ姉にそっくりだったから、と釈明したという。

彼女は、官吏《かんり》の家の娘だそうだ。小玉と境遇は似ている。最初の嫁ぎ先から戻され、侍女として仕える家を探していたらしい。特に怪しいところはない。杞憂《きゆう》であることを祈りつつ、警戒だけは続けていた。

「困ったわね……宴に、行かざるを得ない雰囲気だわ」

玲枝は、卓の上の手紙を前に、ため息をついた。

――私も、やっと休みが取れた。観桜の宴が終わったら、共に花を見よう。

――母を早くに亡くした私にとって、皇后《こうごう》陛下は実母に等しい。貴女には一度会っておいてもらいたい。

鎮西府にいる柏心《はくしん》から、先ほど届いた手紙だ。

柏心はこの半年、一度も都に戻ってきていない。

「姑《しゅうとめ》・小姑《こじゅうと》編の第四節にも『姑からの誘いには万難を排して応じるべし』とございます」

母親同然の皇后は、姑だ。姑の好意は、勝ち取って損はない。

通常、宴は男女で分かれて行われる。ただ宴に参加するだけならば、浩帝に遭遇することもないだろう。危険は避けられるはずだ。

「そうね……こうなったら腹をくくるしかないわ。皇后陛下は、柏心様の育ての親。宮廷に庇護《ひご》者は必要だもの。行ってくる！」

覚悟を決めて部屋を出て、急ぎ足で乙華を追う。

乙華は一度離れに入ると、外から呼んでも反応が消える。話をするなら今のうちだ。

（あ、いらした）

建物の角から、乙華の白い袍《ほう》が見える。

乙華と雪果とが、なにやら言い合っているようだ。

「もっと熱心に、汪妃《おうひ》様をお誘いくださいませんと……」

「わかってるわよ、そんなこと！　私だって来てほしいと思ってる！」

もし、その二人の会話が耳に入っていれば、踵《きびす》を返していたかもしれないが――残念なことに、この時の玲枝の耳には届いてはいなかった。

「姉上様！」

玲枝が声をかけると、やや慌《あわ》てたように乙華が振り返る。

そっと雪果は、その場から離れた。

「どうしたの？　気が変わった？」

「はい。是非《ぜひ》宴にお供させてくださいませ。その代わり――」

――一度でいいから、離れのお部屋に入らせてください。

乙華は、やや躊躇《ためら》ったあと「少しだけなら、いいわよ」と玲枝の出した条件を呑《の》んだ。

かくして、玲枝は観桜の宴への出席を決めたのであった。


――シャンシャン……シャンシャンシャン……

――ドンドドン……ドドドン……

銅鑼《どら》は賑やかに、大太鼓《だいこ》は勇壮に。舞台の上では役者たちが丁々発止《ちょうちょうはっし》。派手な剣劇の場面である。

春爛漫《らんまん》の桜の下、昂羊宮の東の端、四楼殿《しろうでん》の舞台では芝居が行われていた。

演目は『悪王傾城《あくおうけいせい》』。悪王が、悪女に魅入られ城を傾ける話だ。賢臣を遠ざけ、忠臣を殺し、佞臣《ねいしん》を重用しだす。ついに反乱を起こされた悪王は、ここでやっと目が覚め、悪女を殺して自《みずか》らも死ぬ。――という筋書きである。

（……いたたまれない）

玲枝は、悪女ものが苦手だ。

特に、型にはまった愚《おろ》かな女の表現が嫌いである。

甘い言葉で男を騙《だま》し、意のままに――多くは単純な物欲や名誉欲を満たすために――操る。贅沢《ぜいたく》を好み、そのために不利益を被《こうむ》る者がいても意に介さない。

人の目には、自分もこのように見えていたのかと思えば、悔しくもなり、情けなくもなった。

（あぁ、早く終わってほしい……）

心の中だけで、玲枝はため息をつく。

昂羊宮は、魯《ろ》将軍が有する永泉園《えいせんえん》と同程度の広さの離宮だ。

大きな池もあれば、広い馬場もあり、建物は数え切れぬほど点在していた。

舞台と観客席は、四つの高い楼と、豊かな林に囲まれているので、その広さを感じる機会はない。圧倒的な広さを感じるのは、楼の上に上がった時だ。

この四楼殿は、二百年ほど前の皇后が建てさせた建物だそうだ。四つの楼の真ん中には、大きな舞台がある。その皇后が、無類の芝居好きであったらしい。

広々とした観客席の真ん中には、豪奢《ごうしゃ》な椅子《いす》があり、当代の范《はん》皇后が座っている。足元には、丸々とした白い小犬が三匹、丸くなっていた。

范皇后は、浩帝と同年の生まれだ。来年、五十歳になるはずである。

一人だけいた実子は夭折《ようせつ》していたが、皇后として後宮をよく治めていることは多くの人が認めるところだ。

くっきりと濃く化粧をし、半ば白い髪も豊かで、ゆったりと椅子に座る姿には覇気《はき》があった。――第二世では、来年の、年明け間もない頃に亡くなるのだが。

(お元気そう。……一年もせずに亡くなるなんて、信じられない)

皇后を中央にして、その左側には浩帝の妃嬪《ひひん》が十人ほど。右側には皇太子、楓親王、柏親王の妻たちが並んでいた。三人兄弟の末子の、二番目の妻である玲枝の位置は、末席である。

今日、玲枝と乙華は、同じ色の着物を着ていた。

わずかな濃淡の差はあるが、どちらも藤色。髪飾りも、無粋にならぬ程度に控えめにしている。結い方も揃《そろ》えた。もちろん、厨房の書の姑・小姑編に従っての選択だ。――第三節『あらゆる諍《いさか》いを姑に気づかせるべからず』。

(あぁ、もう……早く帰りたい。覚悟していたとはいえ、羽妃《うひ》様がいらっしゃるんだもの。

あの方には一生会いたくなかったのに！）

玲枝は、ちらりと横を見た。

楓親王の正妃・羽妃がいる。小柄で細身、やや横に長い顔と、狭い額《ひたい》が特徴的な人だ。

この羽妃に憎まれたがために、玲枝の第二世はさんざんだった。軟禁中も嫌がらせは延々と続き、醜《みにく》い、汚い、浅ましい、と罵《ののし》られたことも忘れてはいない。

羽妃の隣にいるのは、楓親王の第二妃・袁妃《えんひ》だ。こちらは、小柄な羽妃よりさらに小さく、さらに細身だ。目鼻立ちの印象はごく薄い。終始怯《おび》えたように、横の羽妃の顔色をうかがっている。

玲枝の代わりに、第三妃になるかと思われた紅娘《こうじょう》の姿はない。正式な妻ではないがためではなく、そもそも迎えたという話さえ聞かなかった。永泉園での舟遊びの際に、縁が切れたのかもしれない。

（羽妃様は相変わらずね。ピリピリしてるわ。あぁ、よかった。柏親王府は平和で！）

さらに横を見れば、こちらも緊張感が漂っている。皇太子の正妃は妊娠中のため不在で、第三妃は病欠。第二妃と第四妃の、呉妃《ごひ》と裴妃《はいひ》が参加していた。どちらも華やかに装っており、過剰なほどの装飾品を身に着けている。不自然に身体《からだ》の向きを変えているので、お互いが目に入るのが我慢ならないのだろう。

（親王様がたの家より、後宮の方が平和そうに見えるわ。さすがは皇后陛下）

皇后の左側にいる妃嬪たちの間に、緊張した様子はない。

人が許するように、皇后は妃嬪たちと良好な関係を築いているのだろう。

（家の女たちが仲よく過ごせるかどうかも、正妻の力量次第よね。第二世でご存命だったら……息子の妻だった道士を、還俗《げんぞく》させて後宮に迎えるなんてこと、お許しにならなかったんじゃないかしら）

舞台では、反乱軍に負けた王が、城へ戻る場面になっていた。

――シャンシャンシャンシャン
悪王が城に逃げ込む。迎えるのは、悪女だ。

「止めよ！」

突然、大きな声が響いた。

バラバラに楽器が止まり、やや遅れて、役者たちが動きを止めた。

芝居を止めたのは――范皇后だ。

「あの女がおらねば、芝居の意味がないではないか！」

皇后の隣にいた宦官《かんがん》が、なにやら耳打ちをし、ぴしゃり、と扇《おうぎ》でぶたれていた。

（空気が……重い）

緊張をはらんだ沈黙の中――一人の女が、観客席に入ってきた。

誰より豪華な髪飾り。派手な耳飾り。眩《まばゆ》い首飾り。真紅の着物には金糸の刺繍。華やかに濃い化粧と、自信に溢《あふ》れた表情。それでいて、物憂《ものう》げな仕草。

浩帝の寵姫《ちょうき》・魯淑妃《しゅくひ》に違いない、と玲枝は思った。

(さすが寵姫。見ただけでわかるわ。――あら?)

てっきり魯淑妃だと思ったが、この美しい人が座ったのは、皇太子妃の席である。

それも、第四妃より下がった席だ。

(あぁ……じゃあこの方は、魯将軍のご息女の魯妃様だったのね)

玲枝が桂州《けいしゅう》にいた頃、皇太子が魯将軍の娘を第五妃に迎えると耳にしていた。太后《たいこう》の薨《こう》去《きょ》で陶《とう》家全体が喪《も》に服していたため、婚儀の時期は、玲枝とあまり変わらない。

婚儀から間もない皇太子の第五妃ながら、後宮の妃嬪の誰より着飾ってくるとは、さすが魯家の一員だ。豊かさだけでなく、我が世の春を謳歌《おうか》する様がうかがえる。

第二妃と第四妃は、もう目を背けあってはいない。派手な第五妃を、揃って嫌っている様子だ。こちらの家も、実にギスギスとしている。

(じゃあ、魯淑妃は……どこに?)

目で探すと、先ほどまで空いていた席に人が座っている。

范皇后の、すぐ左。皇后に次ぐ三妃の座は、今は一つしか埋まっていない。つまり、そこに座っているのが、魯淑妃ということだ。

真夏の太陽のような従妹《いとこ》の魯妃とは、雰囲気がまったく違う。顔立ちに派手さはなく、細身で、山に咲く可憐《かれん》な花を思わせた。ただ、鮮やかな青の着物には、銀の刺繍が精緻《せいち》に施《ほどこ》されている。髪飾りも簡素ながら、宝玉自体は大ぶりだ。化粧は控えめで、嫌味がない。

——身をかためる品々は、玲枝が第二世で身に着けていたものに似ていた。

(あぁ、この方が。……そう。そうだったのね)

浩帝の、女の好みが透けて見えるように思われる。

あまり気分はよくない。

玲枝が複雑な感情と闘っているうちに、皇后が、パン！　と手を叩く。

人形のように固まっていた役者たちが、また激しく動き出す。

——気まずい。

そう感じているのは、玲枝だけではないだろう。

悪女が殺される場面を、わざわざ魯淑妃の到着を待ってから再開させたのだ。意図は明らかである。

舞台では、悪女と悪王が対峙《たいじ》していた。

私のために、敵を退《しりぞ》けてくださいませ、と悪女が言う。

あれは敵ではない、忠臣だ、と悪王が言う。

（あぁ、早く帰りたい！）

范皇后の目は、もう舞台を見ていない。ただ、横にいる魯淑妃だけを見ている。

この場でのんびりしているのは、ふわ、と欠伸《あくび》をしている乙華くらいだ。どこまでも、俗世に関心がないらしい。

ドドン！　ジャン！　ドドドン！　ジャジャン！

大太鼓に、銅鑼が重なる。悪王が、悪女の胸を剣で貫いた。

くるくると回りながら、ぱたりと悪女が倒れる。

ここで――魯淑妃も、范皇后の意図を察したらしい。サッと立ち上がり、椅子を温める間もなく出ていってしまった。

悪王が自らを恥じて城楼から飛び下り、芝居は終わる。

幕が下り、拍手がやみ、辺りが静かになっても、范皇后は微動だにしなかった。

皇后が立たぬのに、他の者が先に立つわけにはいかない。

しばし、観客席は気まずい静寂に包まれる。

「こ、皇后陛下に申し上げます。素晴らしいお芝居でございました。一同を代表いたしまして、厚く御礼申し上げます」

事態を打破したのは、魯淑妃の席の横にいた妃嬪だ。恐らく、三妃に次ぐ九官の一人だろう。格でいえば、貴人《きじん》か、美人《びじん》のはずだ。

そこに「御礼申し上げます」と他の妃嬪らが揃って続く。玲枝も声をあわせた。

皇后は、やっと正気に戻ったようだ。ハッと顔を上げ、一同に「では、観桜台へ」と伝えた。事前に、芝居のあとは桜を見ながら酒宴を行う、と聞いている。その会場へ向かうのだろう。

観客席にいた女たちは、さやさやと衣擦《きぬず》れの音を立てながら、外へと出ていく。

しかし、范皇后は、無人になった舞台を見たまま動かない。

(魯淑妃のこと、よほど思いつめておられるのね……)

大勢の妃嬪の前でさえ、態度を取り繕《つくろ》えないのだから重症だ。

今を時めく魯家は、魯淑妃が浩帝の寵愛を独占したがために勃興《ぼっこう》した一族である。

都護《とご》兵は、市中で誰ぞを捕縛する時、相手が魯家の一族かどうかを最初に確認するという。魯家の者は、調査不要で釈放されるため、縄が無駄になるからだ。

乾社院《けんしゃいん》や坤社院《こんしゃいん》の祭壇で、線香を上げる貴族たちの願いで最も多いのは、見目麗《うるわ》しい娘を授かりたい、というものであるらしい。

浩帝の寵愛が、今後、さらなる国の衰退を招くことは間違いない。魯淑妃が汪貴妃《きひ》に、魯家が汪家に変わるだけだ。そして、いずれ国も滅びる。

范皇后の魯淑妃への憎しみは、国を憂《うれ》う者としては当然とも言えた。

「さ、姉上様、私たちも――え？　あ、姉上様？」

横を見れば、乙華は転寝《うたたね》をしていた。かくり、と首が倒れている。

(この気まずさの中で、寝てらしたの⁉)

浮世離れの度合いがひどい。玲枝は、頭痛を感じていた。

「……終わった？　帰ってもいいの？」

「い、いえ、これから桜を見ながらのお食事です」

「早く帰りたいわ」

帰りたいのは、玲枝も一緒だ。

居心地の悪さたるや、針の筵《むしろ》のごとし。范皇后の、寵姫への憎悪も、自分に向けられているように思われる。そもそも、この場自体がつらくもある。第二世において、この四楼殿は玲枝に与えられた場所であった。今、范皇后が使っている豪奢な椅子に座り、芝居を見たことを忘れてはいない。

「そこの――二人」

乙華の手を取って、移動しようとしたところを、范皇后に呼び止められる。

玲枝は、跳び上がるほど驚いた。

「は、はい！」

皇后が、紗《しゃ》の扇で手招きする。

宦官たちは、それを合図に観客席を出ていった。

扇が示した先の椅子に、玲枝は乙華と並んで腰を下ろした。

（なんとか……ご無礼のないように振る舞わないと……）

観客席に、人は三人だけ。あとは小犬が、ちょこちょこと足元にいるばかり。時折、首輪についた鈴が、チリチリと鳴っていた。

「……似ているな」

范皇后が、乙華を見て言った。

（……？）

玲枝は、横にいる乙華の顔をちらりと見た。話が見えない。

「同じ一族でございますから」

乙華の方は、皇后の言葉を理解できたらしい。

どうやら、会話は二人の間で進むようだ。

「柯貴人には、世話になった。我が子──松莞《しょうかん》は、生まれつき病弱でな。いつも青ざめ、表情もなかったものが、柯貴人の薬湯を飲むようになってから、徐々に回復したのだ。顔色も明るくなり、よく笑うようになり、外へ出たいと言うようになった」

「……虚血《きょけつ》であったのでしょう」

「同じことを柯貴人も言っていた。腕のよい薬師であったようだな。息子は、八歳で池に落ちて死ぬ日まで、元気に走り回っていた。……柯貴人は、昔の婚約者が妻を娶《めと》ったと聞いて首をくくってしまったが、受けた恩は忘れておらぬ。柏心のことは、我が子のように思ってきた」

范皇后は、ゆるゆると扇を動かしながら言った。

（柯貴人？　柏心様のご生母は……柯氏の薬師だったの？）

下級女官の子であった、という噂《うわさ》は、誤りであったらしい。

皇帝の子を産んだ、低くはない地位にあった女性の存在が、正しく伝わっていない。そこに、底知れぬ闇《やみ》を感じる。

「腕はよかったのでしょう。御輿《ぎょよ》の花嫁は、能力の優れた娘から選ばれますので」

「そう、そうであったな。本来ならばな」

范皇后は、なぜか嬉しそうに目を細めて「そういう顔も、よく似ている」と言った。

そういう顔、というのは、乙華がしている無表情のことだろうか。

(どう見ても感じ悪いけど……いいの?)

玲枝にとっては不安の種だが、幸い印象は悪くないらしい。

「お話は、それだけでございましょうか?」

「急《せ》くな。私は、柏心を買っているのだ。この天祥城《てんしょうじょう》で一番と言っていいほどな。それゆえ、そなたらの顔を見ておきたかった。――いずれ、私のあとを継ぐやもしれぬ」

玲枝はぎょっとして、

「え⁉」

と声を上げてしまった。

范皇后のくっきりとした眉が、くい、と上がる。

「汪妃といったな」

「は、はい! あ、失礼いたしました!」

玲枝は、ぱっと頭を下げた。

すぐに「面《おもて》を上げよ」と言われ、恐る恐る顔を上げた。

誰ぞに聞かれてはいないかと、思わず辺りを見回してしまう。

弾かれたように、范皇后は笑った。

「あの柏心を誑《たぶら》かすとは、どれほどの女狐《めぎつね》かと思ったが。存外、愛らしいではないか。小《こ》鼠《ねずみ》のようだ」

玲枝の慌てる様が小者然としていた、と笑っているらしい。

（『あらゆる点において、相手をしのぐべからず』ってことね。……なるほど）

意図したわけではないが、神経を逆撫《さかな》でせずに済んだようだ。

そうだ。――玲枝は、まだ悪女ではない。

心の安定を取り戻し、玲枝は神妙な面持《おもも》ちで会釈をした。

「恐れ入ります。粗忽《そこつ》者ではございますが、よろしくお導きくださいませ」

「戯言《ざれごと》と思うなよ？　皇上《おかみ》は、あのしおらしげな女狐を手放さぬ。楡昌《ゆしょう》の第五妃は女狐の従妹。狐の一族だ。子でもなされてみろ。向こう五十年は、狐が我が物顔にのさばり続ける。いや、その前に国が滅ぶ。残る候補は、楓允《ふういん》と柏心。楓允には見込みがない。女あさりばかりで、知恵も浅い。女たちの諍い続ける家は、決して栄えぬ」

范皇后は、国を蝕《むしば》む魯家の勢いを削ぎたい、という話をしている。

判断は、ごくまともだ。――だが、危うい。

（こんな話につき合ってたら、命がいくつあっても足りないわ！）

玲枝の背に、冷や汗がつたった。

「さ、左様でございますか」

「そなた、あの芝居をどう見た？」

断崖絶壁を背に、槍が迫るかのごとき状況だ。

一つ一つの会話が、強い緊張を伴う。

（ここは出しゃばらず、話題を姉上様に譲るべき――あぁ、駄目よ！　見てないわ。だって、寝てらしたもの！）

乙華は、恐らく芝居を見ていない。

ちらり、と横を見れば、乙華は明後日《あさって》の方に目をやっていた。

（姑・小姑編の第八節には『無難な受け答えは時に悪手。己の意見を適度に伝えるべし』とあるわ。それでいて第二節では『あらゆる点において相手をしのぐべからず』。……つまり、えぇと……上手《うま》くご意見を引き出して、大枠で足並みを揃える……ってことね！）

頭の中を整理し、玲枝は、

「大変、興味深く拝見いたしました」

まず范皇后の意見を聞くべく、様子見をすることにした。

「悪女は、排さねばならぬ。放置すれば、国が傾く」

「……はい」

『悪王傾城』は、文字どおり悪王が城を傾ける話だ。国ではない。

「王が悪女を排せぬというのなら、王の正妻が殺すべきであったのだ」

『悪王傾城』に、正妻は出てこない。

范皇后の目には、城の向こうの国や、王の後ろの正妻も見えているらしい。

（これほど思いつめておられる方に、当たり障《さわ》りのないことを言うべきじゃない）

第十五節には『誠実さを欠く同調は、大いなる災《わざわ》いのもと』とある。

まったくそのとおりだ。この場で范皇后の顔色をうかがって同調すれば、魯家を敵に回し、柏心を危険に晒《さら》すことになるだろう。

「は、排除しても……あまり変わらぬかと――」

震える声で、玲枝は言った。

「なんだと？」

ぎろり、とにらまれ肝《きも》は冷えたが、玲枝は勇気をふり絞った。

「陛下のお犬様は、何代目でございますか？」

「……三代目になる」

「犬を愛する気持ちも、寵姫を愛する気持ちも、同じ愛玩《あいがん》ではないかと愚考いたします。愛ではありません。愛玩でございます」

「一緒にするな！　あのような女狐と、この子らは違う！」

「申し訳ございません！」

玲枝は、パッと頭を下げる。

一度声を荒らげたものの、范皇后は、それ以上叱責はしなかった。

「いや。……続けよ。そなたの忌憚《きたん》のない意見を聞いておきたい」

「お犬様を愛するお方は、しばしば、世を去ったお犬様のあとに、新たなお犬様をお迎えになります。それと同じようなもの……と考えますと、必ずしも排除が最善とは限らぬかと存じます。愛玩は、主なくして成立いたしません」

顔を伏せたまま、玲枝は淀《よど》みなく伝えた。

悪女とはなにか。第三世の間、常に頭にあった疑問だ。

「犬は、世を乱さぬ」

「左様でございます。お犬様は世を乱しませぬ。乱すのは人の方。愛の深さが仇《あだ》となるのです。愛するお犬様を、特別に可愛《かわい》がりたいと思うのは性《さが》というもの。この世で最も幸せで、恵まれた子にしてやりたいと願うのは罪ではありません。しかし、お犬様のための税を新たに課せば、民の恨みは募ります。思い立った者、実行した者、諫《いさ》めなかった者、諫《かん》言《げん》を聞かなかった者。すべて人の責でございますれば、お犬様を排除しても解決はいたしません。――悪女が悪王を作るのではありませぬ。王は、忠臣の諫言を退けた瞬間に悪王となり、同時に悪王に愛玩される女が悪女になるのです」

ずっと、考えていたことだ。

自分への愛は、愛情ではなく愛玩だったのだ、と。

気に入らなければ部屋に閉じ込め、気に入れば山を潰してでも機嫌を取る。

気まぐれに食事を抜くかと思えば、山海の珍味で卓を埋めもする。

愛玩自体が、罪とは言えない。けれど、浩帝が悪王になった瞬間、愛玩は罪となった。

玲枝が、悪女になったからだ。

「……そうか。寵姫に罪はないか」

「犬の毛並みがよいことが、犬の罪ではないのであれば。……生意気を申しました」

玲枝は袖《そで》で顔を隠し、深々と頭を下げた。

ドクドクと、心の臓が脈打っている。

（失敗した……絶対失敗してる！『差し出口は禍《わざわい》のもと』と第九節にあるのに！）

猛省したが、もう遅い。

皇后への差し出口など、居眠りよりも、よほど無礼だ。

「私は……間違っていたのか」

ぽつり、と范皇后が呟《つぶや》く。

いよいよ玲枝は青ざめ、椅子から降りて頭を下げた。

「身の程も弁《わきま》えず、勝手なことを申しました！　ご容赦《ようしや》ください！」

柏心を守るために、瑕疵《かし》なくこの宴を乗り切らねばと思っていた。乙華を側で支える覚悟をして臨んだはずが、この体たらくだ。

(馬鹿《ばか》！　馬鹿！　私の馬鹿！　厨房の書に、もっと忠実でなくちゃいけなかったのに！)

ここは、ひたすら頭を下げるしかない。

額を床につくほど下げていると、小犬の首輪の鈴が、近くで鳴った。

「間違っていた。だが……もう間に合わぬ。手遅れだ——」

「……陛下？」

范皇后の様子のおかしさに気づいて、玲枝は顔を上げた。

「犬を……私は、犬を恨んでいたのか……毒を——」

皇后が椅子から降り、玲枝の肩をガッとつかんだ。

その尋常ならざる様子に、玲枝は仰天する。

「お、お犬様でございますか？」

「毒を盛ったのだ、あの女狐に。……間もなく、口にするだろう」

毒──という言葉に、ざわりと悪寒が走る。

（嘘《うそ》……でしょう？）

つまり范皇后は、魯淑妃に毒を盛った──と言っている。

「どちらに？　それは、どちらに置かれたものでございますか？」

「池の端の、虹橋殿《こうきょうでん》だ。……あの女しか飲まぬ李《すもも》酒に入れた。もう間に合わぬ」

姑・小姑編第四節。『姑からの誘いには万難を排して応じるべし』。

玲枝が取るべき道は、一つだった。


走った。とにかく走った。

通算三十五年の人生ではじめてという勢いで、玲枝は走った。

四楼殿を出て、白樺《しらかば》の林を抜け、瀟洒《しょうしゃ》な庭を横切り、小川にかかる橋を渡る。

「もう走れない！」

「あと少しです、姉上様！」

乙華は橋の手すりに手をつき、足を止めてしまった。

「殺し合いくらい、好きにさせておけばいいじゃない！　私は関係ない！」

「そうはいきません！　止めましょう。死なずに済む命ですもの！」

「邑の外の人間が、生きようと死のうと、知ったことではないわ！」

柯邑《かゆう》の人間にとって、同胞以外の人間の価値は低い。これまでの、短く、数も少ない柯氏との関わりからでさえ察せられたことだ。だが――引き下がるわけにはいかない。

「そうだとしても、皇后陛下は、柏殿下の庇護者です。殿下をお守りするには、ここで一働きして損はありません。殿下は――殿下だけは、お守りせねば！　先ほどうかがいましたが、殿下も姉上様と同胞のはずでございましょう？」

「えぇ……そうよ。わかってるわ、そんなこと！」

まだ荒い呼吸のまま、乙華は答えた。

「皇后陛下の庇護は必要です。柏殿下のお立場は、それだけ危うい。残念ですが、一年先、二年先の話も安心してできぬ状況です」

この時、乙華はひどく悲しそうな顔をした。

玲枝が、虚を衝《つ》かれるほどに。

それまで一度も見たことのない、悲痛な表情。だから、乙華が夫に抱く感情の種類が理解できた。共闘は可能なはず――と喜ぶべきところが、得体の知れない感情が湧いてきて、すべてを覆《おお》ってしまった。

「そんなに……危ういの？」

「はい。残念ですが」

――貴女は、なにも知らないでしょうけれど。

続けてこぼれそうになった言葉を、慌てて呑み込む。

（嫌だわ、私ったら……なんて意地の悪いことを！）

身体中に広がった、どす黒い感情。

嫉妬《しっと》、と呼ぶのが正しいだろう。認めたくはないが。

第二妃が、正妃に嫉妬する。ごくありふれた状況だ。ギスギスとした他家の様子は、決して対岸の火事ではないのだと痛感する。

「……わかった。行くわ」

乙華があっさり折れてくれたお陰で、余計なことは言わずに済んだ。

（気持ちを切り替えなくちゃ。今は、嫉妬に振り回されている場合じゃない！）

玲枝は、深呼吸を二度し、なんとか毛羽《けば》立った心を宥《なだ》める。

「助かります。毒物のことなら、薬師の姉上様にお任せできますもの」

「毒は、得意分野よ」

心強くも、恐ろしくもある一言には驚いたが、やる気になってもらえれば御の字だ。

歩き出す乙華を先導し、玲枝は疲れ切った足で、再び走り出す。

橋を越え、白樺の林を抜けると――池に張り出した、虹橋殿が見える。

虹を思わせるゆるやかな弧《こ》が名の由来だという、優美で小ぶりな建物だ。

その美しい建物を前にして、玲枝は思わず顔をしかめていた。

（あぁ、嫌だ。思い出したくない！）

第二世の記憶が、否応《いやおう》なく蘇《よみがえ》る。

坤社院から昂羊宮に入って三カ月。初めて浩帝と対面したのが、この場所であった。

――琴を聞かせておくれ。

浩帝の声。琴の演奏。終えたあと、重ねられた手。

思い出したくもない記憶が、次々と襲ってくる。

――私の側に、いてほしい。

――はい、皇上《おかみ》。

皇上、とは、皇后を含む後宮の女性が、皇帝に対して用いる呼称だという。そうとは知らず、宦官に言われるまま、使っていた。

あの状況まで進んでは、もう拒む術《すべ》はなくなってしまう。

（今度は、絶対に失敗しない。とにかく、陛下に会わずに人生を終えるの。それが一番いい。私は――もう柏心様の妻なんだから！）

玲枝が浩帝の妻にされてしまえば、柏心の妻は、乙華一人だけになる。

嫌だ――と思った。

強烈な嫉妬で、頭が真っ白になる。

「――入り口はどこ？」

乙華に聞かれ、ハッと我に返った。

虹橋殿は、隠れ家のような趣《おもむき》が魅力だ。木々に囲まれ、扉ほどの幅の竹垣があちこちにあり、出入り口がわかりにくいようになっている。

「あ……あちらの竹垣の後ろに――あぁ、それです」

迷わず扉を見つけ、玲枝は手で示す。

「詳しいのね」

その乙華の一言に、びくりと身体がすくむ。

（いけない。……ここに来るのは、第三世ではじめてだったわ。遡行者だってことは、知られちゃいけないのに！）

なんとか言い訳をせねば、と思っているうちに、乙華はさっさと中へ入ってしまった。

入った途端にはじまる階段は、やや急で、会話をする雰囲気ではない。

誤魔化《ごまか》す糸口が見つけられぬまま、階段を上り切っていた。

(言い訳はあとよ。まずは――毒をなんとかしないと!)

広い部屋の窓は開け放たれており、そよそよと淡い緑の窓布がそよいでいる。――無人だ。幸い、まだ浩帝も、魯淑妃も、虹橋殿には来ていないらしい。

美しい風景に目もくれず、玲枝の目は酒の瓶子《へいし》を探す。――あった。

(あれだわ……李のお酒!)

円卓の上に、すらりと細長い瓶子と、ころりと丸い瓶子が二本ずつ置かれている。

迷わず、玲枝は丸いものを手に取った。

細長いものには米の酒、丸いものには果実酒を入れるのが、後宮の決まりだ。

浩帝は、米の酒しか飲まない。この果実酒を入れる丸い瓶子に、魯淑妃が飲むという李酒が入っているはずだ。

「あ、姉上様、これではないかと思うのですが……」

丸い瓶子を二つ、手に取る。

乙華がそのうち一つを手に取り、蓋《ふた》を持ち上げただけで、

「これよ」

と断じた。

「わ、わかるのですか?」

「わかるわよ。宮廷で使われる毒は、柯氏が作ってきたんですもの。――易漢灰水《えきかんかいすい》。この濃度なら、すぐには死なないわ」

すぐには死なない、と聞いて、玲枝は「よかった！」と胸を撫で下ろした。

「てっきり、飲んだ途端に死んでしまうものかと思っていました」

「そんな毒、よほどの馬鹿しか使わないわ。――老いるのよ」

「老いる？　ど、毒で老いるのですか？」

玲枝の問いに、乙華はわずらわしそうな表情を見せた。

「そう。本来は、もっと薄めて、少しずつ飲ませるの。そうすると、そのうち衰《おとろ》え、老い、病で死んだように見せかけられる。この濃度なら、身体が衰えるだけで死にはしないわ。まぁ、何度も飲ませたら、もちろん死ぬけど」

恐ろしい話だ。ぞわりと背が冷える。

「ず、ずいぶん物騒な毒ですね」

「毒なんだから、どれだって物騒よ」

たしかに、そのとおりだ。いずれの毒も、物騒には違いない。

范皇后は、魯淑妃を後宮から追い出したかったのだろう。容色を愛《め》でられる寵姫にとって、老いは大きな痛手のはずだ。その後の出方によっては、殺害も視野に入っていたのかもしれないが。

玲枝は、はぁ、と深い吐息をつく。

「ともあれ、止められてよかった。……ありがとうございます、姉上様！」

「本当に馬鹿馬鹿しい。あぁ、迷惑だこと！」

乙華が露台《ろだい》に向かって腕を振り上げたので、玲枝はとっさに止めていた。

「お待ちください！　池には鯉《こい》が……！」

「水に溶けたら無毒化する。問題ないわ」

「そうですか……よかった！」

玲枝が胸を撫で下ろすと、乙華は瓶子を持ったまま肩をすくめた。

「貴女って、ほんとにおかしな人ね」

「私……ですか？」

玲枝は、パチパチと瞬《まばた》きをした。

変わり者の度合いだけで言えば、乙華の方がよほど上だろう。日々、柏親王府の帳簿と向き合い、使用人たちの話を聞き、来客の接待をし、贈答品の管理までこなす身としては、変わり者、と評されるのは心外である。

「寵姫が死ぬとか、鯉が死ぬとか、どうでもいいことで大騒ぎしてる」

鯉もさることながら、人が死ぬのは、どうでもいいことではないだろう――とは思ったが、口にはしなかった。

乙華にとって邑外の者の命が軽いのは、生まれ育った環境の影響だ。溝《みぞ》は埋まらない。会話の応酬《おうしゅう》は無意味だろう。玲枝は、乙華を嫌いたくなかった。

「変わり者につき合っていただき、感謝しています」

「あの方だって、変わり者よね。同じ毒を盛られてるっていうのに、やり返すのを思いとどまろうっていうんだから」

「同じって……その、なんとか水という、毒でございますか？」

「易漢灰水。まだ見た目じゃわかりにくいけど、近いうちに、どっと老け込むわ。白眼が濁《にご》りだしているもの。あと一年も生きないんじゃない？」

まるで明日の天気の話でもするような調子で、乙華は言った。

――范皇后は、一年以内に亡くなる。

その未来を、玲枝は知っていた。

（ちょっと待って。じゃあ……第二世の皇后陛下は、毒のせいで亡くなっていたの？）

その時、ガタッと大きな音が、奥の方から聞こえた。

「……ッ！」

びくり、と玲枝ばかりか、乙華の身体も跳ねる。

まだ、乙華の手には毒酒の瓶子が一つある。玲枝の手にも一つ。

なんの解決にもならないが、とっさに二人は長椅子の陰に隠れた。

(どうしよう……聞かれた？　この毒酒……どうしたら……)

玲枝はオロオロしていたが、乙華は「殺す？」と囁《ささや》き声で聞いてきた。

「え……ッ⁉」

驚きが過ぎて、しゃがんでいた玲枝はころりと尻餅《しりもち》をついてしまった。

乙華が「馬鹿！」と言ったが、まったくそのとおりだ。異論はない。

「ひっ！」

衝立《ついたて》の陰から顔を出した若い女が、悲鳴を上げる。女官だ。着物がはだけ、素肌が一部見えている。

衝立の向こうには、他に一部屋あったらしい。

(聞かれた⁉)

無人だと判断していたために、毒の話まで隠さずしてしまっていた。

猛烈に後悔したが、もう遅い。どう取り繕うか必死に考えながら、ゆっくり立ち上がった。相手もオロオロとしているので、ここでこちらが取り乱すのは悪手だ。

「貴女、ここでなにを――」

「お、お許しください！　私は、なにも……」

玲枝が「着物を直して」と言うと、女官は急いで着物を整えだした。

そこに――もう一人、衝立の向こうから人が出てくる。

「なんだ、なんだ、無粋なヤツだな。人がせっかく――」

――楓親王だ。

その姿を見て、玲枝は腰を抜かしそうになった。

（どうして？　どうして、こんなところに……）

彼が現れたことに加え、半裸であることにも驚いている。

胸元がはだけ、紅がついているのを見て、やっと女官の着物が乱れていた理由がわかった。この二人は、虹橋殿で逢瀬《おうせ》の最中であったらしい。

楓親王は「おぉ、これはこれは……柏親王妃殿下ではないか！」と大袈裟《おおげさ》に両手を広げた。

事態が、最悪な方向に向かっている。

一歩間違えば、奈落へ落ちる。そういう状況だ。

玲枝は女官に、

「私たち、芝居の稽古《けいこ》中だったの。お邪魔をしたわね。決して、口外しないわ」

と笑顔で伝える。

女官は涙目でうなずいて、転げるほどの勢いで階段を下りていった。

(女官はともかく、楓親王相手では誤魔化しもきかない。聞かれてたなら、厄介《やっかい》なことになる。……どうしたらいいの?)

楓親王はにやにやと笑いながら、着物も直さずに近づいてくる。

「思いがけぬところで会うものだ。しかし、相変わらず憎らしいほど美しいな。お前のせいで、世の女という女が醜く見えてしまうぞ。——息災だったか?」

今日も今日とて、酒を飲んでいるらしい。顔も赤く、目が据わっていた。

「……はい、楓親王殿下」

相手が判明したからか、乙華は長椅子の陰から出てきて、無言で会釈をした。

楓親王は、乙華にはなんの興味もないらしい。そちらを見もしなかった。

(よりによって、なんでこんな時に、こんな男に見つかってしまうのよ!)

楓親王は、柏心を憎んでいる。

魯将軍に招かれた永泉園での舟遊びの一幕は、二人の溝を決定的にした。

どういう経緯か知らないが、桂州の汪刺史《しし》の三女に目をつけたのは、皇太子が最初であったらしい。その皇太子を出し抜くために、楓親王は兄に腹下しの薬を飲ませている。この悪事を、楓親王は柏心の仕業だと触れ回ったそうだ。もちろん事実ではないが、遠く離れた鎮西府にいる柏心に、否定をする機会はない。

柏心は、皇帝だけでなく、皇太子にまで疎《うと》まれているのが現状だ。

恐らく、玲枝が柏心を選んだことで起きた反動だろう。

ここで彼を刺激しては、刺《とげ》ある言動で柏心をますます追いつめるに違いない。

「お前には、俺を虚仮《こけ》にした報《むく》いを受けさせたいところだが……まぁ、いい。せっかく捕まえた女に逃げられて傷心中だ。相手をしてくれ。それで忘れてやろう」

「……？」

それが下品極まりない誘いであると、気づくまでに時間が要った。

これほど無礼な者に、会ったためしがなかったからだ。だが、楓親王がさらに着物の前をはだけたことで、おおよその意図は理解できた。

「そなたのような稀《まれ》なる美女を手に入れてこそ、真の男というものだ」

手に負えない、というのが、玲枝の出した結論だ。

「姉上様！　に、逃げてください！」

サッと玲枝は、乙華を背に庇《かば》った。

「あ、貴女はどうするの？　正気じゃないわ、この人！」

「なんとかします！　とにかく、逃げてください！」

そっと乙華に「皇后陛下にお知らせを」と囁く。

楓親王の狙いは、あくまでも玲枝だ。乙華が逃げても、後は追わないだろう。

乙華はわずかに迷いを見せたあと、サッと階段に向かって駆けだした。

やはり、楓親王は乙華の方を見もしない。

玲枝の退路を断つように、じわじわと近づいてくる。

「聞いていたぞ？　ずいぶんと物騒な話をしていたな。いよいよ謀反か？」

謀反、という一言に、身が凍る。

それは、第一世でも、第二世でも、柏心の命を奪った恐ろしい言葉だ。

「滅多なことをおっしゃいますな」

「怖いのか？　怖いだろうな！　あはは、いい顔だ。そういう顔が見たかった！」

楓親王は、心から愉快そうに笑った。

どこまでも嫌な男だ。この分では、尾鰭《おひれ》をつけて今の話を吹聴《ふいちょう》しかねない。

（とにかく、この毒酒をなんとかしないと……）

ちらり、と長椅子の陰を見れば、乙華が持っていた瓶子も置かれたままだ。

この二本の瓶子を始末しないことには、逃げ出すこともできない。なにせ、本物の毒である。皇帝暗殺の嫌疑をかけられたが最後、待つのは死のみ。

そっと脚《あし》を伸ばし、爪《つま》先で瓶子をこちらに近づけようと試みた。

とにかく、証拠を隠滅する必要がある。

「こ、この場のことは、こちらも口外いたしません。ですから……その、そちらも、どうぞ口外なさいませぬよう」

足が攣《つ》りそうだ。震える爪先で、じり、じり、と瓶子を移動させる。

「謀反の噂は都合が悪かろう。父上は、柏心を消す機をうかがっている。その妻が毒殺を企《たくら》んだとなれば、面白いことになるぞ。──どうだ、身体で黙らせてみるか？」

この男がわからない。憎んでいるはずの玲枝を、なぜ寝所に引きずり込もうとしているのだろう。妻として迎えた第二世では、見向きもしなかったというのに。まったく理解ができない。

じり、と距離を詰められる。

玲枝は、やっと足元に近づいた瓶子をサッと拾い、露台へと走った。

「し……し、芝居の練習をしておりました！」

「言い逃れか。見苦しい！」

「嘘ではありません！　こうして、瓶子を——」

瓶子を、池に向かって放り投げ——ようとした玲枝の腕を、楓親王の手が、がしりとつかむ。強い力だ。恐怖に身が凍る。

だが、諦めるつもりはない。

夫を守る——と玲枝は誓ったのだ。

先に自由な方の左手で、一つを。

藤色の袍は脱がされかけたが、つかまれた右手にあった瓶子を持ち替え、もう一つも、池に向かって放り投げる。

とぽん、とぽん、と音が二つ。——これで、毒の証拠は消えた。

ずるりと袍が奪われ、肩が露《あらわ》になる。

さらに、腕が伸びてきた。今度こそ、玲枝をとらえるために。

(こんな男の、好きにされてたまるものですか……！)

露台の上だ。逃げ場はない。露台の向こうにあるのは、池の上の虚空《こくう》だけ。

だが、虫唾《むしず》が走るほど嫌いな男から逃れるためなら、躊躇いは無用だ。

玲枝は、手すりを飛び越えた。

瓶子を放り投げるのと同じ程度に、迷いなく。

なんと美しい景色だろう。

一面の桜花。水面に映る鮮やかな空。

――貞女《ていじょ》ならば、夫のあとを追う道もあったでしょう。

遠く、仙人の声が聞こえていた。

（馬鹿馬鹿しい。迫ってくる男は悪くないとでも言うの？）

一言、文句を言ってやりたい、と思ったが、もう彼に会うこともないだろう。

「……ッ！」

玲枝の身体は、一瞬の浮遊感を経《へ》て、勢いよく落下した。

どぼん、と衝撃と同時に音がして――水底《みなそこ》へと沈んでいく。

ガボガボ……ゴボゴボ……と激しい音に呑まれながら、玲枝は必死にもがいていた。

死ぬかもしれない。死んでも構わない。――けれど、身体は死から逃れようとしている。

もがくだけもがいた向こうに、光があった。

身体が、光を、空を、求めている。

ついに――水面から顔が出た。

「はぁッ、はぁ、ッ」

空は美しく、風は涼しい。

玲枝は生きていて、息をしている。

そこに──

「なんと──美しい」

人の──男の声が聞こえた。

「…………」

その声には、聞き覚えがある。

人生の一時期、その声を毎日聞いていた。

視界の端に、なにかが──舟が近づいてくる。

「あ──」

見るな──と頭の中で、警鐘に似た声が聞こえる。

だが、抗《あらが》えない。

火に飛び込む蛾《が》さながら。玲枝の目は、そちらに引き寄せられていた。

「おぉ、穢土《えど》に天女が降り立ったか……なんと美しい……」

浩帝が、そこにいる。

記憶の中の姿とは違って、髪は豊かに黒く、声に張りがある。けれど、見間違いはしない。五年、毎日顔を合わせていた人だ。

（あぁ……なんてこと！）

たとえ昂羊宮での宴に参加しても、顔さえ合わせなければ危険はない、と思っていた。

だが、その条件は脆《もろ》くも崩れている。

慌てて顔を隠そうとした。だが、袍は脱がされてしまっている。

腕の力がなければ、身体を浮かせることもできない。

とっさに、浮いていた蓮《はす》の葉を手に取る。

その葉が視界を遮《さえぎ》る直前に――見てしまった。

恋に落ちた、男の顔を。

（なんで……なんでよりによって、こんなことに……！）

ただの不運で片づく話ではない。――反動だ。

第二世より二年も早く、そして劇的に、この時が訪れてしまった。

舟の上から「お捨ておきになればよろしいのに」と不機嫌な声が聞こえる。

ちらりと見れば、舟には、白い胸元をはだけさせた女が乗っていた。鮮やかな青の着物と、見事な宝玉の髪飾りには見覚えがあった。――魯淑妃だ。

しかし、その時目に飛び込んできたものは、寵姫の姿より強烈だった。

舟の上に、酒器がある。

丸い瓶子が二つ。そして、酒杯も二つ。

――そなたと同じ酒が飲みたい。

――梅の酒も悪くない。そなたと飲めば、どれも美酒だ。

第二世での記憶が、落雷に似た鋭さで蘇る。

(陛下は、米の酒以外も飲まれる。……寵姫と過ごす時だけは)

玲枝は、梅の酒を好んでいた。ふだんは米の酒しか飲まない浩帝だが、二人きりの時は、同じ酒を飲みたがることがあった。愛の深さゆえ、と人は言ったものだ。

(陛下は毒を飲むはずだった。――これから、あの虹橋殿で――魯淑妃と同じ李の酒を)

それは、范皇后の誤算だったのだろう。

老いるだけ――と乙華は言っていた。

第二世での浩帝との出会いは二年後。今、目の前にいる浩帝よりも十や二十は年嵩《としかさ》に見えた。まるきり老人のように。

浩帝は、今日、魯淑妃に盛られた毒を飲むはずだったのだ。

しかし――その毒は今、池の中だ。

(運命が……変わった。いえ、私が変えてしまった……)

この変化は、先の運命にどのような変化をもたらすのだろう。

さらなる反動の予感が、玲枝を震えあがらせた。

「――さ、つかまれ」

指の隙間から、ポタポタと、水の滴《したた》る櫂《かい》の先が見える。

目の前にある櫂につかまるのは簡単だ。手を伸ばすだけでいい。――だが、できない。

(このままじゃ繰り返しになる。また悪女になっちゃうじゃない！)

やはり、玲枝はこの場所に来てはならなかったのだ。

大禍《たいか》を避けるには、小禍を容認すべきだった。范皇后に多少嫌われたとしても、彼女の柏心を守る意思に影響はなかったろう。

無難に、安全に、誰にも嫌われぬよう、考えに考え抜いたつもりだった。だが、玲枝は選択を誤り、大いなる反動を招いたのだ。

(もう嫌……なんなの、この人生！)

なに一つ、上手くいかない。

一つ進めば、二つ戻される。三つ進めば、五つ戻される。

腐らず、諦めず、必死に進んできて――挙句が、これか。

(あぁ、もう馬鹿馬鹿しくてやってられない！)

蓮の葉をポイと捨て、玲枝は、頭から水につっこんだ。

深い考えがあったわけではない。衝動的な行動だった。

絶対に、浩帝の手だけは取りたくなかったのだ。絶対に。それは肉体の死よりも、深い絶望であったから。

ゴボゴボ……と気泡の音が聞こえる。

人の声や、悲鳴が聞こえたような気がする。だが、遠ざからねば、と思った。どれだけ苦しくとも、何千人もの人を殺すよりいい。

逃げるしかない。玲枝には、浩帝を諫める力などないのだから。

水底を目指す腕が――なにかに当たった。

ぐっと強い力が、身体にかかる。

次の瞬間、ぶふぁっと口から、水が勢いよく噴き出していた。

「玲枝！　しっかりしろ！」

激しくせきこみ、水を吐き切る。

頭がガンガンと痛い。

はぁッはぁッと何度も呼吸を繰り返すうちに、やっと周囲が見えてくる。

そこに、涼やかな容貌《ようぼう》の――しかし、必死の表情の若者がいた。

「仙人……じゃない……え？　柏心……様？」

どういうわけか、柏心が目の前にいる。

恋焦《こ》がれた人が、そこに。

「そうだ、私だ。わかるな？」

まだ頭はぼんやりとしている。

愛する夫が、この場にいることが信じられない。

「……これは夢？　あぁ、夢に決まってますね。でも……それでも、嬉しい」

荒い呼吸の合い間に、玲枝は言葉を必死に紡《つむ》いだ。

「しっかりしろ！　死んでなどいない。貴女は、生きている！」

抱え上げられ、ざばっと水から出た瞬間、着物がずっしりと重くなった。

その強烈な重さが、夢ではないのだと実感させる。

ここでやっと、自分が柏心に助けられたのだと理解できた。

「……い、生きてるんですか？　嘘……じゃあ、どうして――」

池から出た柏心は、玲枝を岩の上に下ろした。――あの、蔵の火事の時のように。

「玲枝――間に合ってよかった。いや、このようなことになる前に、助けねばならなかったのに……すまない！」

ぎゅっと強く、抱き締められた。

お互いにずぶ濡れのままだが、そうしていると肌の熱が伝わってくる。

「いいえ！　いいえ……十分です、柏心様……嬉しい！」

涙が、堰《せき》を切ったように溢れてくる。

怖かった。恐ろしかった。

声を上げて、玲枝は泣いていた。

柏心が、むき出しになった肩に濃紺《のうこん》の袍をかけてくれたが、それも水浸しだ。

「対岸での酒宴の最中に、女官が貴女の危機を知らせてくれたのだ。一体、なにがあったというのだ？」

「え……あ……」

なにがあったか——をそのまま伝えるわけにはいかない。

とめどなく流れるかと思われた涙は、もう引っ込んだ。

浩帝から逃れた件は、溺れた、とでも言えばいい。

けれど、そもそも池に入った経緯は、誤魔化しようがない。

（言えない。あんなこと……柏心様にだけは！）

楓親王の態度は、あまりにも侮辱《ぶじょく》的であった。玲枝に対しても、柏心に対しても。

それと知った柏心が、冷静でいられるはずがない。だが、怒りに任せて行動すれば、そうでなくても悪い立場が一層悪くなってしまう。

（でも、お伝えしなければ、楓親王にあることないこと吹聴されるに決まってる。穏便に……なんて無理よ！　そんな段階じゃない！）

隠匿《いんとく》する道は、もう閉ざされている。

騒ぎに気づいた人たちが、集まってくるのが見えた。観桜台にいた妃嬪や、親王妃、侍女たち。そして、対岸から駆けつけた男性たち。

その中には小玉もいて、すっかり狼狽《ろうばい》している。

「奥様！　一体なにが……まぁ、すっかり冷えてしまって！」

布を持った女官たちが、慌てた様子で近づいてくるのも見えた。

（どうしよう。なんと誤魔化せばいいの？　そのまま伝えるわけにはいかないわ。酔って池に落ちたことにする？　いえ、無理よ。お酒なんて飲んでないもの！　酔って落ちるなら、あの酔っ払いの方だわ！）

遠巻きに、人だかりができはじめている。

「教えてくれ、玲枝。虹橋殿の露台に、人が二人いるのは見えていた。あれは、何者だ？」

玲枝が窮《きゆう》していると――

「お前の妻は、とんだ淫婦《いんぷ》だな！　柏心！　そこの虹橋殿で寝室に誘われたぞ！」

楓親王が人の群れを掻《か》き分けながら現れ「これを見ろ！」と布を掲げた。

それは、玲枝が着ていた藤色の袍だ。柏心の問いへの答えが、出てしまっている。

（あぁ……また余計なことを！　なんなのよ、あの馬鹿……ッ！）

楓親王は、事が明らかになる前に、こちらに罪を転嫁する気らしい。

迷惑なことこの上ない。ぐっと玲枝は唇を噛《か》みしめた。

「よほど孤閨《こけい》が寂しかったのだろうな。いきなり脱ぎ出したので驚いたぞ！」

あはは、と楓親王は笑い「断られて、自棄《やけ》になったらしい！」とつけ足した。ちらり、と視線を送った先には、彼の正妃の羽妃と、第二妃の袁妃がいる。

「柏心様――」

玲枝は、違う、と目で柏心に訴えた。

他の誰に誤解されても、夫にだけは疑いを持たれたくない。

「玲枝。少し兄と話をしてくる。ここで待っていてくれ」

柏心は、スッと立ち上がった。

嫌な予感がする。その袖を、玲枝は必死でつかんだ。

「柏心様、お待ちください」

柏心の手は、剣にかかっている。

いかに帯剣の許された親王とはいえ、離宮内で剣を抜けば厳罰は免《まぬが》れない。

柏心は、間違ったことを嫌う人だ。心の清い人だ。そして、優しい。柏心は、夫として妻を守ろうとしている。だからこそ――危険だ。

「あの口を塞がなければ、汚名だけが残る」

そっと玲枝の手を外し、柏心は楓親王と対峙した。

楓親王は「淫《みだ》らな女だ」「首に縄でもつけておけ」と罵りを連ねている。人だかりは、先ほどよりもさらに大きくなっていた。

「兄上。聞き苦しい弁解は、そこまでにしてもらおう」

「ただの真実だ。聞き苦しいのは、後ろめたいところがあるからだろう？」

楓親王は、大袈裟に肩をすくめる。

ふっと柏心は、苦く笑った。

「なにが真実だ。この状況を見れば、誰の目にも明らかだろう。女人《にょにん》が池に落ち、露台には、女物の袍を持つ男がいた。女人は、夫と半年ぶりに会う直前。――兄上は、まだその茶番をお続けになるのか？」

「ち、違う！　この淫売が、俺を誘ったのだ！　売女《ばいた》の子が、売女の妻を持ったというだけの話だろうが！」

人だかりが、小さくどよめく。

（ひどい……いくらなんでも言いすぎだわ！）

許しがたい侮辱だ。柏心の妻だけでなく、生母の柯貴人まで貶《おとし》めている。頭に血が上り、立ち上がろうとした玲枝を、柏心は手ぶりで止めた。

「兄上。もし、私を侮辱しても構わぬ相手と思うておいでなら、今すぐ認識を改めていただきたい」

「なんだと？」

「次の一言は、慎重になされよ」

静かだが、柏心の言葉は重かった。

しん……と辺りが静かになる。

楓親王は顔を真っ赤にして、わなわなと震えていた。

その場の全員が、楓親王の次の一言を、固唾《かたず》を呑んで見守っていると——

「雪果、本当にあの美女がいるんだろうな？」

「はい、たしかに虹橋殿に入るのを見ました！」

白樺の林から、男女の声が聞こえてきた。

「そうか、そうか！　お前を雇った甲斐《かい》があったな！　汪家の娘は、私が先に見初《みそ》めたのだ。あの忌々《いまいま》しい柏心めには辛酸《しんさん》を舐《な》めさせられたが、あの美女は必ず手に入れて見せる！　思いを遂げた暁《あかつき》には、報酬を弾むからな！」

辺りが静まり返っていたせいで、不幸にもその会話は誰しもの耳に入ってしまった。

（え？……今の、皇太子殿下？　雪果は、皇太子殿下の命で、柏親王府に来ていたの？──じゃあ、もしかして第二世でも、彼女が楓親王府にいたのは……まさか──）

玲枝をその夫から引き離すために、皇太子が雪果を派遣していた──と考えれば、第二世でも、第三世でも、玲枝の嫁ぎ先に彼女が現れた説明がつく。

だが──知りたくはなかった。

（私を手に入れるためだけに、そこまでしたの？　どうして、そんな……？）

皇太子との間には、なに一つ縁など感じていない。

間の悪いことに、目の端に皇太子の第二妃の呉妃と、第四妃の裴妃の姿が見えた。その横には、第五妃の魯妃もいる。

三人の目は──夫ではなく──玲枝を責めていた。

絶望の淵に、突き落とされたような感覚だ。

その時──どよめきが起こり、人垣が割れ、人々が膝《ひざ》をつく。

大きな日傘と、立派な輿《こし》が見える。──范皇后だ。

（助かった……！）

玲枝は、心から安堵した。もう安心だ。事態は好転するだろう。

輿の横には、乙華の姿がある。無事にたどり着き、皇后を呼んできてくれたようだ。

「これは、なんの騒ぎか。――柏心」

少し遅れて、玲枝も地面に膝をつく。

頭を下げる直前、前へと進み出た楓親王の姿が見えた。

「……こ、皇后陛下におかれましては、ご機嫌麗しく。ただの兄弟喧嘩《げんか》でございま――」

「そなたには聞いておらぬ！」

范皇后の一喝《いっかつ》を受け、さすがの楓親王も続けはしなかった。

代わりに口を開いたのは、指名された柏心だ。

「皇后陛下に申し上げます。兄から、我が妻が受けた許しがたい侮辱に、夫として抗議していたところでございます」

「俺は！　嘘は言っていない！　誘ってきたのはこの女だ！」

柏心の報告に被せるように、楓親王が叫ぶ。

場の空気が読めない性質《たち》なのか、なぜか皇太子が「なんという淫婦か！」と楓親王の訴えに乗っていた。弟の妻との逢瀬を狙っておきながら、ぬけぬけとよく言えたものだ。

「口を開くな、楓允。耳の穢《けが》れだ。そなたは恥というものを知るといい」

「皇后陛下！　ど、毒を……この女は、毒を仕込もうとしていたのです！　陛下の瓶子に、なにやら細工をしておりました！　毒がどうのと言いながら！」

楓親王の言葉に、玲枝はハッと顔を上げた。

范皇后のくっきりとした眉が、くい、と上がる。

「……毒だと？」

「はい、毒です！　そう……そうです。見咎《とが》めた私の口止めをするために、この女が袍を脱ぎ出したのです！　そう、口止めのために！」

上滑りし続けていた楓親王の言葉だが、さすがに毒、となると周囲の反応も変わる。

どよめきが、静かに広がっていった。

しかし、范皇后は動じず、

「それは――芝居だ」

と楓親王の訴えを一笑に付した。

「は？」

「今日、四楼殿で演じさせた『悪王傾城』について語らい合ったのだ。――正妻は、悪女を毒で殺すべきだった、とな。――そうだな？　汪妃」

ひやりと背筋が寒くなる。

（なんて際どい嘘！　肝が冷えるわ！）

正妻が、悪女に毒を盛る。それは范皇后が、魯淑妃に毒を盛ろうとした現実そのままだ。

身震いするような嘘だが、この流れに乗らないわけにはいかなかった。

「は、はい。左様でございます。最後の場面をいかにすべきか、柯妃様と共に考えるために、虹橋殿へ参りました。悪女は、自らを恥じ、毒を呷《あお》るべきではないか――と。『恨むまじ、一睡の夢。憎むまじ、一夜の寵』――悪女の台詞《せりふ》も、本来それに相応《ふさわ》しいものとも思われまして……つい熱が入り、瓶子を池に落としてしまいました。お調べください。丸い瓶子でございます」

必死に紡ぐ言葉が、グサグサと背に刺さる。

――悪女は自らを恥じ、毒を呷るべき――

まるで自分のことを言われているようで、胸が苦しい。

「皇上が召し上がるのは、米の酒だけ。毒を盛るならば、細長い瓶子を手に取るはずだ」

この一言で、大勢は決したと言えるだろう。宮廷内に、柏心の味方がいることの心強さを痛感する。

ほっと胸を撫で下ろしていたところ――

「なんだなんだ、気のきかぬ連中ばかりだな。まずは介抱が先であろうに」

突如《とつじょ》、身軽な徒歩で浩帝が現れた。

膝をつき、顔を伏せていた一同は、さらに深く頭を下げようとする。

それを浩帝は「そのままで構わぬ」と明るい声で止めた。

（あぁ……もういや！　どいつもこいつもなんなのよ！　今、やっと話がまとまったところなのに！）

玲枝は顔を見られぬよう頭を下げたまま、ひたすらに祈った。

このまま、何事もなく済むように――と。

だが、願いも空しく、浩帝は玲枝の前に膝をつく。

その香を、知っている。白檀《びゃくだん》と犀貴《さいき》。浩帝が好んだ香りだ。

「見上げた貞女だ。操《みさお》を守るために、池に飛び込もうとは」

浩帝の手が、玲枝の肩に触れた。

ぞわり――と背が凍る。

「も、もったいないお言葉でございます……」

「面を上げよ」

この声を知っている。この香を知っている。この顔も。

（嫌だ。……もう、この方の寵姫になど、死んでもなりたくない！）

身体が、浩帝を拒んでいる。

急に手を握られ、玲枝の身体は、ビクリと跳ねた。

だが、すぐに気づいた。今、玲枝に触れたのは、浩帝ではない。柏心だ。

「陛下。輿までご用意いただき恐縮です。妻のことは、お任せを。――さ、玲枝、行こう」

サッと布が頭から被せられ、顔が隠れる。

けれど――その一瞬、玲枝は見てしまった。

范皇后が、こちらをにらみつけている。――魯淑妃に向けたのと同じ目で。

その横には、乙華がいる。明確な嫌悪を表情に出して。

（違う……違うの！　そんなつもりはなかったの！）

皇太子妃の、呉妃と裴妃。そして魯妃。

楓親王妃の、羽妃と袁妃。

彼女たちが持つ扇の向こうから送られる、怨みの混じった視線。

（違う――）

彼女たちの憎しみは、悪女という虚像に向けられたものではない。玲枝自身に向けられたものだ。

たった一日会っただけで、玲枝を気に入った浩帝。

玲枝と思いを遂げるために、雪果を雇った皇太子。

玲枝に迫り、袍を奪った楓親王。

そして、妻を守らんとする柏心。

四人の男と、それぞれの妻たち。複雑な感情が、渦巻いている。

（これじゃあ、まるきり悪女じゃない……！）

男たちの執着と、女たちの憎悪が、いずれ刃となってこの身を裂く日が来るのではないだろうか。

背の方から向けられる視線が、恐ろしい。

きらびやかな輿で運ばれる間、ずっと身体の震えは止まらなかった。


輿で運ばれた先は、昂羊宮の主殿の一角だった。

ずぶ濡れだった玲枝は、ここで風呂を使い、浩帝が用意した着物に袖を通した。

身体は軽くなったが――心は重い。

袍は鮮やかな瑠璃《るり》色だ。金の刺繍は見事で、第二世を嫌でも思い出させる。

まだ髪は乾き切っていなかったが、着替えを終えると、すぐに柏心が通されたという部屋に向かう。

扉を開けると、柏心も装いを改めており、窓辺の長椅子に腰かけていた。

なにか、言わねばと思った。

けれど先に身体が動く。

柏心も、それは同じだったようだ。

二人は部屋の真ん中で、ひしと抱き合っていた。

「……お帰りなさいませ」

「つらい思いをさせて、すまない。――貴女を思わぬ日は、一日もなかった」

柏心の腕に一層力がこもり、胸が締めつけられた。

永泉園の舟の上で思いを伝えあってから、実に一年十カ月が経《た》っている。

「私も。……日毎、夜毎、ご無事をお祈りしておりました。お元気そうでよかった」

「練兵に、視察に、と外を駆け回っている。すっかり日に焼けた」

身体を離し、玲枝は柏心を見上げた。

先ほどは混乱していて気づけなかったが、たしかにしっかりと日に焼けている。端整で、どこか仙人を思わせる神秘的な印象は、精悍《せいかん》なものに変化していた。

「お役目は、つらくありませんか？」

「なかなかの難関だが、性にはあっている。……貴女は……痩《や》せたな」

　玲枝は眉を八の字にした。日々、迫る危機に憂いは深くなる一方で、食が細くなっているのは事実だ。

「少し、体調が優れなくて。でも、柏心様のお顔を見たら、元気になりました。……また、すぐお戻りになるのですか？」

「あと、半刻ほどで発《た》たねばならない。慌ただしいが、一緒に食事でもしよう。このまま離れるのは心配だ」

　予想はしていたが、思っていたより、ずっと短い滞在だ。

　妻として、笑顔で送り出さねばと思うのだが――

「半刻……でございますか」

　落胆《らくたん》は、そのまま態度に出てしまった。

　もう一度、ぎゅっと柏心は玲枝の身体を抱き締める。

「すまない。……また一人にしてしまう。私の抱えた問題に、貴女を巻き込んでいるというのに」

「いいえ。承知の上で、貴方《あなた》様の妻になりました。お守りすると、約束しましたもの」

「貴女には、なにも伝えていない。婚儀の日に伝えるはずだったことも、父や兄たちのことも――母のこともだ。ありがとう、玲枝。貴女の優しさに、守られてばかりだ」

「私も、守っていただいております。十分に」

微笑《ほほえ》みながら、玲枝は言った。

強がりではない。なにかといえば、色目を使った、誑かした、淫婦め、と責任をなすりつけられてきた身としては、不貞を疑いもしなかった夫に、心を救われている。

「一生頭が上がらないな。共に暮らせるようになったら、いくらでも我儘《わがまま》を言ってくれ」

「我儘は、今がよろしゅうございます。一つだけ」

「……叶えてやれそうにない」

「いいえ。……食事は要りませぬ。出発の時まで、このままでいさせてくださいませ」

答えの代わりに、腕の力が強くなる。

胸が一杯になり、はらりと涙が溢れた。

まだ水気を含んだままの髪を、柏心の手が撫でる。

「許されるものなら――このまま貴女と二人で、どこぞへ逃げてしまいたい」

前任の魯将軍の怠慢から、鎮西府の兵は弱体化していたという。第二世と同じ流れである。柏心は、着任以来、軍の立て直しに心血を注いできたそうだ。魯家の独断で地位を奪われた者を呼び戻し、一から兵の訓練を重ねたと聞いている。

鎮西府の維持にかかる費用も少しずつ減らされたため、柏心は、西域《さいいき》商人たちを説き伏せて協力を仰いだらしい。国境付近の治安の維持は、彼らにとって重要な問題だ。自衛のための私兵の維持と、鎮西府への寄付を比した場合、後者の方が望ましかったのだろう。彼らからの援助を得た柏心は、鎮西府を国防の要《かなめ》として立て直しつつあるという。八面六臂《はちめんろっぴ》の活躍である。凡庸《ぼんよう》な者にはなし得なかっただろう。

しかし、彼自身はまだ二十歳《はたち》の若者だ。

孤軍奮闘する日々、ふと寂しさを覚える日もあったのではないだろうか。いつも泰然とした若者の口から、思わずもれた弱音に涙を誘われる。

「私、どこへでも――」

貴方と一緒なら、どこへでも――と言うつもりが、かしゃり、と乾いた音に遮られる。

ハッとそちらを見れば――乙華が、扉のところにいた。

足元には薬湯が入っていたと思《おぼ》しき器《うつわ》が、儚《はかな》く割れている。

とっさに、二人はお互いを抱き締める腕をパッと離していた。

くるりと乙華は背を向け、廊下に向かって走り出す。

（私ったら……なんてことを！）

追おうかと思った。けれど、自分にはその資格がないと気づく。

「追わなくていい。……貴女は決して悪くない」

柏心が、オロオロしている玲枝の肩に、ぽんと手を置く。

「でも――私が至らぬばかりに……」

「我々は、常の夫婦とは違うのだ。……いつか、貴女にも話すつもりでいる」

柏心と乙華の関係は、複雑なものがあるらしい。

だが、常の夫婦と違うのは、柏心と玲枝も同じことだ。

愛する人と時を過ごす陶酔は、もう醒《さ》めていた。

(私が間違っていた。この恋は、私たちの命を縮めたとわかっていたのに……)

もっと、上手く立ち回るべきだったのだ。たとえ複雑なものがあろうと、正妃を差し置いて夫を独占するなど、厨房の書の教えにも反する。

一度目が覚めれば、もう間違いはしなかった。

「柏心様。お帰りになる前に、お耳に入れておきたいことが――」

玲枝は、夫が任地に戻るまでの時間を使って、范皇后が毒を盛られている可能性があると伝えた。

范皇后は、宮廷において唯一といっていい味方だ。

今、庇護者を失うわけにはいかない。

結果として夫と過ごす時間はさらに短くなったが、後悔はなかった。


それから──半年後。

蒼暦六八八年の秋が、深まりゆくある日のことだった。

「姉上様。行って参ります。私が帰らなければ、部屋にある竹簡を読んでくださいませ。汪家の蔵にあったものです」

その日、玲枝は離れの部屋の扉に向かって挨拶《あいさつ》をした。

観桜の宴以来、乙華とは一度も顔を合わせていない。雪果は断りなく姿を消し、代わりに雇った侍女は、風変わりな女主人を気味悪がって一月もすれば辞めていく。家宰も、しばらく乙華の顔を見ていないそうだ。

「では……寒くなって参りましたので、ご自愛ください」

玲枝は、反応のない扉に向かって深々と礼をしてから、柏親王府を出た。

乗り込んだ馬車には、小玉も乗っている。その顔は、陰鬱《いんうつ》だ。

向かう先は、昂羊宮。──范皇后から、直々に、玲枝だけが招かれた。

早朝に親王府を出発し、昂羊宮に到着した時には、日はもう傾きかけている。

この半年、皇后は昂羊宮を動いていない。

観桜の宴の直後に体調を崩し、そのまま療養をしていたからだ。

(柏心様に毒の件をお伝えしたことが、どれだけ功を奏したか……少しでも、お苦しみが減っていればいいのだけれど……)

玲枝は、何度か見舞いの手紙を送っていた。

姑・小姑編によれば、反応がなくとも、便りは絶やすべきではないそうだ。だから、一度も返書はなかったが、送り続けた。

「陛下は、人払いをされておいでです。ここからは、汪妃様お一人で」

四楼殿の前で宦官に止められ、小玉は馬車の前で待つことになった。

高い楼の横を抜ける。静かだ。

いつぞや芝居を見た観客席に入ると、皇后はあの時と同じ豪奢な椅子の上で、玲枝を迎えた。

椅子がやけに大きく見えるのは、主の身体が変化したからだろう。

(あぁ、衰えられた……)

動揺を悟られぬよう、玲枝はぐっと唇を引き結んだ。

范皇后の髪は、ほとんどが白い。顔に刻まれたシワは、わずか半年の間にすっかり増えていた。化粧は施されているものの、十歳は老け込んで見える。――乙華が見立てたとおりの毒が用いられたのだろう。

「よく来たな」

しゃがれた声で、范皇后は言った。

周囲に人の姿はない。足元に小犬がいるだけであった。一匹がチリチリと鈴を鳴らしながら近づき、だが、すぐに興味をなくしたのか離れていく。

「ご無沙汰《ぶさた》しております、皇后陛下」

玲枝は、恭《うやうや》しく礼を示す。

顔を上げ――目に入ったものがある。

椅子の傍《かたわ》らには、紫色の大きな壺《つぼ》が置いてあった。

（すごく……毒っぽいわ）

ごくり、と玲枝は生唾を呑んだ。

一度そう思うと、そうとしか思えなくなってくる。

「このところ、そなたの話をよく思い出す。……毛並みのよさは、犬の罪か、とな。だが、そうとわかっても、忌々しさは拭《ぬぐ》えぬ。今、愛されている犬は、いずれ飽きられるものと諦めがつく。しかし、これから愛される犬だけは、憎まずにおれぬのだ」

これは――もう駄目だ。

范皇后は、玲枝の話をしている。

観桜の宴で、浩帝は玲枝に出会い、恋をした。その好意は、誰の目にも明らかだったろう。言い訳は無意味だ。

「陛下、私は――」

「そなたは、美しすぎるのだ、汪妃。二百人の妃嬪を抱える後宮にも、そなたほどの女はおらぬ。詩人はそなたの美を称《たた》えるのに、万の言葉を惜しまぬだろう。その胡桃《くるみ》色の瞳に見つめられれば、男は皆惑う。――いずれ、城といわず国をも滅ぼす。そなたと比べれば、あの女狐など可愛いものだ」

玲枝は、きゅっと唇を噛んだ。

そして――范皇后の勘は、正しい。

もし第二世で彼女が存命であれば、玲枝は入宮を許されなかったのでは――と思ったこともあった。だが、今はわかる。阻《はば》まれるだけでなく、消されていたに違いない。これは、浩帝との出会いが皇后の存命中に起きた以上、避けられぬ事態であったのだろう。

「逃れる術を、知りませぬ。抗う言葉も、持ちませぬ。……悪女は、自ら毒を呷るべきと仰せでございましょうか？」

いつぞやの芝居の話を思い出しながら、玲枝は問うた。

小さく、范皇后が笑う。

「殺すつもりであれば、ここには招かぬ。……その足で坤社院に入れ。柏心には私から伝えておこう。そこで鼠のように息を潜めているがいい。いずれ、時が来る」

一瞬、呼吸が止まり——遅れて感じたかすかな安堵が、呼吸を許した。

「……はい、陛下」

「悔しいことに、私は、そなたが好きなのだ。この半年、見舞いを寄越したのは、そなたと、柏心だけだった」

ぐっと胸に迫るものがあり、玲枝の目には涙が溜まった。

夫たる浩帝さえ見舞いには来なかった、と范皇后は言っているのだろう。

——夫に愛されぬ妻は、不幸だろうか？

わからない。ただ、妻を愛さぬ夫が不幸であったと、聞いたためしはなかった。

「ご恩情に、深く感謝いたします。皇后陛下」

「私のいない世で、そなたは私に感謝するだろう。……花盗人《ぬすびと》からその身を隠せと言うからには、相応のもので報いる。——これを」

例の紫の壺に、皇后が手を伸ばす。

びくり、と玲枝は身体をすくめてしまった。

それが可笑《おか》しかったのか、范皇后はまた少しだけ笑った。

壺の中から出てきたのは、筆より一回り大きい程度の筒《つつ》である。

「これは……」

「そなたが、私の言葉を思い出した時に開けよ。時は必ずや来る。……憎くて愛しい、娘への形見だ」

いつも運命は、わかりやすい形で鍵を与えてくれる。

この筒は、范皇后との縁から生まれた副産物だ。きっと使う日が来る、という予感があった。

「ありがたく頂戴《ちょうだい》いたします。――どうぞ、お身体をおいといくださいい」

筒を懐《ふところ》にしまい、玲枝は、范皇后に深々と頭を下げた。

足元に、今度は別の一匹が来て、しかし、ふい、と顔を背けてどこかへ行ってしまう。

「これは愉快だ。絶世の美女も、犬には好かれぬらしい」

范皇后は、笑っていた。

今日は足に、薄荷《はっか》油を塗ってきた。犬が嫌う香である。

玲枝も笑った。嬉しかったわけではないが。

そして、別れの挨拶をしながら、思った。二度と生きてこの人に会うことはないだろう、と。

外に出ると、青ざめ、涙目になった小玉が駆け寄ってきた。

「坤社院に行くことになったわ」

「はい。先ほど、御者に聞きました。甫州《ほしゅう》の、洪恩院《こうおんいん》というところだそうでございます」

小玉は、停めてある馬車の方を見た。来た時の馬車はもう帰されており、立派な馬車が玲枝を待っている。

「ここでお別れよ、小玉。柏心様なら、貴女の次の勤め先も手配してくださるわ。悪いようにはしないはずよ」

「いいえ！　地の果てまでもお供しますとも！」

「坤社院は山奥よ。いいの？」

「では、畑でも作りましょう。私、隠居したら、畑を持つのが夢だったのです」

畑を耕しながら、坤社院で過ごす日々。

隠居の先取りのようなものだと思えば、気持ちが少しだけ軽くなる。

「そうね。……それはいいわ。そうしましょう」

柏心の安全と引き換えに、玲枝は坤社院に入るのだ。

　この選択は、間違っていない。

　なにも知らず、わけもわからぬまま馬車に乗せられた過去とは違い、玲枝は運命を受け入れていた。諦観《ていかん》ではない。最良な選択をしたと思っている。

　馬車が、ゆっくりと動き出す。

　もう辺りは薄暗いが、まだ森の輪郭《りんかく》はくっきりと見えていた。

「豆を植えましょうよ。うんとたくさん」

「はい、それは是非とも。それから、甘瓜《あまうり》と大蕪《かぶ》と……」

　たまには祈禱《きとう》もしなくては、と言うと小玉は笑っていた。

　明るいその笑顔に、心が救われる。

「ありがとう、小玉」

「なんの。礼は庭つきの隠居所で十分でございますよ」

　あるいは、第三世最大の幸運は、小玉と共にいられたことなのかもしれない。

　玲枝は、天に感謝した。運命も、馬鹿馬鹿しく、悲惨《ひさん》なばかりでもないようだ。

　遠い北部への旅の間、二人は飽かず未来の話をしたのだった。

第四話 落花の憂い

「さぁ、そろそろ休憩にしましょうか。今日は暑くなりそう」

蒼《そう》暦六八九年、初夏。

肩の上で切り揃《そろ》えた髪に、白い道服。日よけの笠を少し上げ、玲枝《れいし》は、額《ひたい》の汗を拭《ぬぐ》った。

広い斜面の豆畑はいつでも美しいが、雨上がりの、水気を含んだ青葉の輝きは格別だ。

「では、お茶のご用意をいたしましょう。本当に、暑くなりそうですこと」

小玉《しょうぎょく》も同じ格好で、首元の汗を拭いつつ斜面を上がっていく。

この畑は、玲枝たちが坤社院《こんしゃいん》の敷地の一部を使って耕した。

玲枝の入道にあたって、范皇后《はんこうごう》は多額の寄進をしたようだ。そのため、院長は、玲枝のために最も広く、眺めのよい部屋を用意した。畑を作りたいと言えば、日当たりのよい土地をすぐに差し出してきたので、額は相当なものであったのだろう。第二世で、楓親王《ふうしんのう》の未亡人として入道した時は、暗く狭い部屋に入れられたので、扱いの違いは歴然としている。

「玲枝！　上の祈禱《きとう》堂から、梅の木が見えたの！」

手を振りながら斜面を下りてくるのは、玲枝たちと同じ格好の道士・青瑚《せいこ》だ。――楓親王の第二妃で、袁妃《えんひ》と呼ばれていた人である。彼女が坤社院に入るのは、第二世と共通している。

とても小柄で、目鼻立ちに特徴がないせいか、化粧をしていないと十二・三歳の女児のようにも見える。明るく笑うと、一層幼い。

――楓親王は、第二世とほぼ同時期、六八八年の年末に世を去った。

第二世では病死だったはずだが、今回は、酔って色街の堀に落ちて死んだらしい。したたかに酔っていた、と従者が言っていたそうだ。

仮に死因が同じでも、病死として伏せるか、そのままを表に出すかには大きな差がある。それだけ第三世の楓親王を、周囲が見離していた、とも理解できた。

そして、青瑚は楓親王の正妃によって、坤社院に送られた。

違っていたのは、その後だ。玲枝が変えた。

第二世では春を待たずに自死した青瑚の部屋を、到着したその日に訪ねたのだ。梅漬けの壺《つぼ》を携《たずさ》えて。

今や、一緒に畑を耕す仲である。院内の協力者も増え、畑は着々と育っていた。

「まぁ、梅が？　収穫したら梅漬けにいたしましょうよ、姉上様」

「名案だわ。私、梅漬けに目がなくて！」

二人は、梅の話をしながら傾斜を上がる。畑の真ん中にある、物置を兼ねた小堂の露台《ろだい》が、いつもの休憩場所だ。

「秋には大蕪《かぶ》を植えるとして――あら、どうなさいました？」

ふと玲枝は、こちらを見る青瑚の視線に気づいた。

「……私、貴女《あなた》が嫌いだった」

飲みかけの茶杯を卓に置き、玲枝は「申し訳ありません」と謝った。

厨房《ちゆうぼう》の書に従い、礼を失さぬように努めたつもりでいたので、衝撃が大きい。

「私、姉上様になにか失礼なことを申しました？」

「あぁ、違うの。謝らないで。まだ俗世にいた頃の話よ。楓殿下が、わざわざ桂州《けいしゆう》まで会いに行ったでしょう？　貴女に会おうとして。それが、許せなかった。観桜《かんおう》の宴《うたげ》の時に顔を見たら、ますます嫌いになった。綺麗《きれい》で、若くて、愛されていて――私が持っていないもの、なんでも持っていると思ったの。妬《ねた》ましかったわ。……とても」

青瑚が「ごめんなさい」と謝るので、玲枝は首を横に振った。

「なにも……なに一つ、持ってなどいませんでしたよ。『はい、父上』『左様でございますか』『もったいないお言葉でございます』。許されていた言葉は、それだけですもの」

玲枝が肩をすくめると、青瑚は眉を八の字にする。

「『申し訳ございません』も言えたわ」

「『ご容赦《ようしや》ください』もですね」

二人は口を押さえることもなく、声を上げて笑った。

「あぁ、おかしい。馬鹿《ばか》馬鹿しい！」

「ほんとに。馬鹿馬鹿しい！」

一頻《ひとしき》り笑ったあと、二人の視線は畑の方へと向いていた。

男に従い、男の目を楽しませ、男の心を慰《なぐさ》めるだけの俗世は遠い。

笑いで渇いた喉《のど》を茶で潤してから、二人は揃って長いため息をついた。

「私、死んだらこの畑の見える場所で眠りたいわ。……ありがとう。貴女には心から感謝してる。今、人生が楽しいの、とても」

「私も。畑仕事とお茶をご一緒できる姉上様がいるので、楽しいです」

畑から、お互いを見て、ふふ、と笑う。

青瑚の笑顔を見ると、玲枝も嬉《うれ》しくなる。夫に愛されなかった第二世の自分が、救われるような気がするからだ。

夫に愛されぬ妻は、不幸だろうか？

不幸ではない、とは言い切れない。けれど、たった一つの瑕疵《かし》だけで、人生の不幸が決するとは思いたくなかった。

少なくとも、今の自分たちは不幸ではない。

畑を見る青瑚の顔は晴れやかであったし、並ぶ玲枝の顔もまた、晴れやかであった。

玲枝の住んでいる部屋は、およそ道士らしさがない。

調度品は范皇后から贈られたもので、どれも上品かつ華やかだ。

壮大な山々を見下ろす窓辺の椅子《いす》に座り、玲枝は届いたばかりの二通の手紙を手に取る。

先に手に開いた一通の差出人は、柏《はく》親王府の家宰《かさい》だ。

邸《やしき》の中だけでなく、曜都《ようと》や天祥城《てんしょうじょう》のことも細かに知らせてくれる。

（今年の年明けに亡くなるはずだった皇后陛下は、ご存命。……柏心《はくしん》様に、毒の件をお伝えした甲斐《かい》があったわ）

乙華《おつか》が看破し、玲枝が柏心に伝え、范皇后の毒の摂取を最小限に留めたがために起きた変化である。大きな変化だが、今のところ反動は見えていない。

（長生きしていただかないと。宮廷で、柏心様の庇護《ひご》者はお一人だけだもの）

手紙には、茶料《ちゃりょう》がさらに減らされた旨《むね》が書かれていた。

鎮西府《ちんぜいふ》にいる柏心は、西域《さいいき》商人と深い縁を結んでいるそうだ。その商人からの援助のお陰《かげ》で、減らす使用人を半数に抑えられた、と書かれていた。玲枝が置いていった着物はすべて売るよう伝えてあったが、半数は残せたそうだ。

相変わらず離れから出てこない乙華が、いつか邸を支えてくれたら――という空しい願いで、手紙は締めくくられていた。

（今は坤社院にいるのが最善だとわかっているけど……もどかしいわ）

次の一通は、鎮西府から届いたものだ。

坤社院に入る以前から、玲枝は鎮西府にいる柏心の側近と、定期的に連絡を取っている。報告では、天祥城から派遣された監査使の数が、今年に入って倍に増えたということだ。

ありもしない謀反《むほん》の芽を、告発させる気ではないか――と玲枝は見ている。

届いた二通の手紙を前に、ふぅ、と重いため息をつく。

こんな時、心を癒《いや》してくれるのは夫からの手紙だ。

文箱《ふばこ》の中の手紙に、そっと触れる。

坤社院に入ってからも、変わらず手紙のやり取りは続いていた。

いつも、優しい労《いたわ》りの言葉が綴《つづ》られている。――玲枝の入道が、病を得たため、ということになっているからだ。范皇后は、そう柏心に伝えていたらしい。

形の上で離縁していようと、柏心は玲枝の夫だ。柏心も、変わらず玲枝を妻と呼んでくれる。それがなにより嬉しい。

この坤社院から、鎮西府までは二百里以上の隔《へだ》たりがある。

窓から見えるのは山ばかり。それでも、南西の空を見ている間だけは、同じ空を見ているような心持ちになった。

「お、奥様！　あ、お、お客様が――」

二度目のため息をつく前に、小玉が騒々しく部屋に入ってきた。

「お客様？」

玲枝は、首を傾《かし》げた。ここは山奥で、気軽に人が訪ねてくる曜都の親王府とは違う。

「ろ、魯淑妃《ろしゅくひ》様でございます！」

その名を聞き、玲枝は思わず腰を浮かせていた。

（どうして？　第三世の魯淑妃は、毒を飲んでいないはずなのに……！）

第二世と、第三世にはいくつもの変化が起きている。

大きな変化もあれば、小さな変化もあった。

少なくとも、范皇后が盛った毒が、誰の口にも入らなかった――というのは、大きな変化であったはずだ。

第二世において、浩帝《こうてい》は毒の影響で衰《おとろ》えていた。年齢よりも十も二十も老いて見え、腰も曲がっていた。元々は魯淑妃の酒に盛られていた毒を飲んだせいだろう。坤社院に入ったあと、彼女が一度も部屋から出てこなかったのも、それが理由だったと推測できる。

だが――第三世の魯淑妃は、坤社院に来た。第二世と同じように。

（毒と、魯淑妃の失脚は関係なかったの……？）

汪貴妃《おうきひ》誕生の直接の原因は、范皇后の死と、魯淑妃の入道だと思っている。

第三世では、范皇后は存命。魯淑妃の服毒も防いでいる。

だから、魯淑妃は寵姫《ちょうき》の座を保ち、魯家の繁栄も続く。つまり、汪貴妃は誕生しない、というのが玲枝の予想であったのだ。

（なんにせよ、私にとっては都合が悪い流れだわ）

バン！　と勢いよく扉が開き、道士姿の魯淑妃が入ってきた。

「この部屋は、私が使う。出ていって！」

大人し気な印象を裏切る横柄さで、魯淑妃は言い放った。

その顔には、薄く、巧みに化粧が施《ほどこ》されており、印象は変わらない。背筋も伸び、老いの気配はなかった。

（お姿は変わってない。じゃあ、どうして坤社院に……？）

魯淑妃からの通告はいったん無視し、玲枝は手を重ねて礼を示す。

「ご無沙汰《ぶさた》しております。出迎えもせず、失礼をいたしました」

「これで勝ったなんて思わないことね。私は、すぐにも呼び戻されるわ。だって……私は、皇上《おかみ》の子を授かったのだから！」

くらり、と眩暈《めまい》がする。

顔を上げれば、魯淑妃は勝ち誇ったように唇を曲げていた。その腹を、ゆったりと撫《な》でながら。

（お子が――）

第二世では、起こらなかった事態である。

浩帝は、その能力を失っていた。――ある時点で、体調を崩してから。

原因と思《おぼ》しき機会は、玲枝が潰している。その結果、浩帝も、魯淑妃も、健康を保ち、懐妊《かいにん》に至ったのだろう。

「それは――まことに、おめでとうございます……」

「私は、男子を産む。魯家はもっと、もっと栄えるわ。お前の出る幕など決してない！　皇后陛下が亡くなれば、すぐにも私は戻るの！　ここはただの仮住まい。――とにかく、明日までに部屋を明け渡しなさい！」

道服の裾《すそ》を翻《ひるがえ》して、魯淑妃は帰っていった。

嵐が去ったあとのようだ。ただ、爪痕《つめあと》だけが深く残っている。

（お子が……生まれる）

ひどく、複雑な感情がそこにある。

胸を押さえ、玲枝は「あぁ」と嘆息した。

第二世の二度の結婚では、妊娠の可能性さえ得られなかった。第三世においても、それは変わらない。

（私は、いつも、いつも、奪われてばかりなのに！）

強烈な感情の波が、勢いよく押し寄せる。

玲枝は拳《こぶし》を握りしめ、ドン！　と卓を叩いた。

――痛い。けれど、この胸の痛みには及ばない。

（苦しい……！　嫉妬《しっと》とは、なんて苦しいものなの……！）

苦しさの中で、はじめて気づいた。

玲枝は、子が欲しいのだ。

抗《あらが》いがたく、御しがたく、身体《からだ》が叫んでいる。

国を救うだとか、一族を救うだとか、そのような正しさを超えた欲求である。

魯淑妃への妬みと、柏心との暮らしを奪った浩帝への怨みが、腹の中で渦巻く。

その激情は、かえって玲枝を従順にさせた。

部屋は、その日のうちに移った。院長は、移らなくとも構わない、と言っていたので、きっと寄進の額の差だろう。魯家は、一族の繁栄をもたらした人物の入道にあたって、さほどの額の寄進はしなかったらしい。薄情な話である。

玲枝は多少の優越感を持ち、かつそれを恥じた。

部屋の移動を終えた頃、一つの報《しら》せが入る。

——范皇后薨去《こうきょ》の報であった。

宮廷における柏心の庇護者は、世を去った。

今後、浩帝は容赦なく柏心を潰しにかかるだろう。

（いつか……きっと、皇后陛下からのいただきものが役立つ日が来る）

范皇后から受け取った小筒《こづつ》に、道服の上から触れた。

途端に、ぽろりと涙がこぼれる。

玲枝は天を仰ぎ、あの気丈な人のために黙禱した。

季節は、夏から秋に移っている。

玲枝が今使っている部屋は、以前の三分の一ほどしかない。それでも、第二世と比べれば格段に快適だ。不便はない。

「これで、魯淑妃様も後宮へお戻りになるでしょうか……」

小玉は、不安そうに眉を八の字にしていた。

魯淑妃は、玲枝を振り回し続けている。受けている優遇を横から攫《さら》うのに熱心だ。あれが欲しい、これが欲しい、と言いつけた。時を選ばず呼びつけては、雑用を押しつける。その多くは理不尽なものであった。

魯淑妃が来てから、暮らしは望ましくない方向に変化している。

「そうね。……そうだといいけれど」

もれたため息は、思った以上に重くなった。

曜都では、魯淑妃が范皇后に毒を盛った――との噂《うわさ》が囁《ささや》かれているらしい。

范皇后は、自身が毒に蝕《むしば》まれていると知るや否《いな》や、調査をはじめたそうだ。関与が疑われる者の中には、魯家の者が幾人も名を連ねていたという。

調査が進むうち、范皇后の廃位と、魯淑妃の立后の計画が水面下で進んでいたことも人の知るところとなった。いよいよ疑いが濃厚になったため、潔白が証明されるまで、との期限つきで、魯淑妃は坤社院に入れられたそうだ。

玲枝は、范皇后の死によって、魯淑妃は呼び戻されるものと思っていた。実際、関与が疑われていた魯家の者たちは、葬儀の直後に牢から出されている。

しかし――いまだ、魯淑妃は坤社院にいる。

「お産が終わってからになりますかしら。……もう少しの辛抱でございますよ、奥様」

「きっとそうね。……もうすぐよ、きっと」

期待も空しく、年明けの出産後も迎えは来なかった。

難産の末、生まれたのは男児であった。だが、生後二カ月を過ぎた頃、天祥城からの使者が、男児を連れて去ったそうだ。夜明け前の出来事で、玲枝は現場を見ていない。

（どうして？　どうして迎えが来ないの？）

魯淑妃に当たり散らされる場面はさらに増えたが、玲枝は耐えた。

彼女の境遇が、他人事とは思えなかったからだ。

――目が覚めたら、私が迎えにいく。大丈夫だ。

――私は隠居する。そこで共に暮らそう。お前のいない人生になど、意味はない。

第二世では、柯《か》氏に星砕散《せいさいさん》を飲まされ死んでいる。その言葉が真実であったのかどうかをたしかめる術《すべ》はなかった。

ただ、浩帝は第一世でも同じことを言っているはずだ。

そして――来なかったのだろう。

（陛下が迎えにいらしていたら、私は、第一世で子を産んでいなかった。――絶対に）

玲枝は、平凡な女だ。悪女でも、淫婦《いんぷ》でもない。

柏心との間に恋がはじまる前に、浩帝との決定的な別れがあったはずだ。

――二人で隠居をして、穏やかに暮らそう。

未来の約束は、愛に似ていた。好まぬ酒を飲むことも。

経験していないはずの第一世の苦しみが、玲枝の心を裂く。

（あれは、愛ではなかった）

愛玩《あいがん》され、捨てられる。魯淑妃と、玲枝は同じだ。

夜中に呼び出され、夜明けまで魯淑妃に説教をされても、玲枝は耐えた。

罵《ののし》られるのにも、部屋を荒らされるのにも、漬けた梅やら、炒《い》った豆を盗まれるのにも、耐え続けた。


蒼暦六九〇年の春。

玲枝は、馬車で坤社院の門を出た。

なにも還俗《げんぞく》したわけではない。移動は山の麓《ふもと》まで。

隣には青瑚、向かいには小玉が乗っている。道士が敷地の外に出る時は、冠《かん》を被る決まりがあり、揃って黒い籐《とう》冠を被っている。

「久しぶりの外出だっていうのに、桜の一つも見れないなんて！」

「甫州《ほしゅう》の山に、桜はありませんものね。他の花は、たくさん咲いておりますのに」

青瑚が嘆くのに、玲枝も同調する。

三人が向かっているのは、坤社院と隣接する土地の所有者の邸だ。

家族と死に別れ、自身も老いたため、土地を寄進したい、との申し出があったという。

寄進は、坤社院で最も高位の道士が受け取るものであるらしい。すると魯淑妃——道名はあるのだが、誰も呼んでいない——が相当する。もちろん、彼女がそのような雑事を行うわけもなく、院長に指名されたのは、青瑚と玲枝だった。

以前から、何度か寄進を受け取る役目は果たしている。今回、特殊だったのは、相手が足腰の衰えた老女なので、こちらが出向く必要があったという点だ。増えた敷地を畑にしてもいい、というので承諾《しょうだく》した。

しかし——どうにも落ち着かない。

(同じ山の中だけの移動だし、平気かと思ったけど……なんだか、胸騒ぎがする)

玲枝は、窓の外も見ず、腿《もも》の上で手をぎゅっと握っていた。

「緊張してるの?……顔色が悪いわ」

「え?　あ……すみません。なんだか、ちょっと体調が優れなくて」

「じゃあ、馬車で待ってなさいな。貴女、最近またひどく痩《や》せたし、心配よ。畑のことなら、今は私の方が詳しいもの。任せて」

　ありがたい申し出だ。魯淑妃が来てからの玲枝の日常は、彼女から受ける嫌がらせが中心になっている。畑に出ることも稀《まれ》で、ほとんど青瑚に任せきりである。

「お言葉に、甘えさせてくださいませ」

　そうと決まると、やっと心が落ち着いた。

　馬車が止まり、青瑚と小玉だけが降りていく。

　玲枝は、馬車に一人きりになった。

　あちらこちらで、鳥が盛んに鳴いている。

　囀《さえず》りに誘われて外を見れば、ひらりと桜の花弁が一片舞っていた。

（あら……桜？　お庭に、桜があるのかしら）

　馬車の窓から桜を探していると、通りかかった下女が「道士様。裏の桜が見頃でございますよ」と笑顔で会釈をした。

「見る者がいなければ空しいばかりだと、主が常々嘆いておりまして」

　にわかに興味をそそられ、玲枝は馬車を降りた。

（あとで姉上様にも見ていただこう。桜を、恋しがっておられたもの）

　老女の邸は広く、どこか生まれ育った桂州の邸を思わせる。

ただ庭の様子は、野趣という言葉では表しきれないものがあった。庭石は苔《こけ》むし、砂利《じゃり》の間からは、雑草が生い茂っている。

あちこち欠けた塀ぞいに母屋《おもや》の横を通ると、川が近いのか、水の音が聞こえてきた。

ふいに、視界が開ける。

（まぁ、なんて見事な桜……！）

二本の桜の大木が、花盛りを迎えている。

塀の向こうは川なのか、空が広い。あたかも一幅の絵画だ。

――ポポン、と鼓《つづみ》が鳴った。

突然のことに、玲枝はビクッと身体をすくませる。

そこに、笛の音が二つ重なった。

（え？　なに……？）

桜に見惚《みと》れて気づかなかったが、驚くほど近い場所に楽人たちがいる。

この荒れた庭の主が、訪れる人のいない桜の前に、六人もの楽人を配すだろうか――という疑問が浮かび、玲枝は恐怖を感じた。

「桜は――好きか？」

背の方からかけられた言葉に、玲枝は絶望した。

その声を、知っている。――浩帝だ。

（嘘《うそ》……でしょう？）

曜都から甫州までは、馬車で数日。偶然通りかかったはずもない。

「…………」

玲枝は、道服の袖《そで》で顔を隠しながら振り返り、膝《ひざ》をついた。

心の臓が、早鐘のように脈打っている。

「二年ぶりだな。息災であったか？」

「はい。……陛下」

なぜ、浩帝はここにいるのだろう。

魯淑妃を、迎えに来たのであればいい。頭の隅《すみ》で、必死に願った。

けれど――

「驚かせたな。だが、こうでもせねば、そなたには会えなかった」

願いは、儚《はかな》く砕けてしまった。

浩帝の目的は、玲枝だ。

桜など見に来なければよかった、と思った。だが、その時は馬車に乗り込んできたかもしれない。そもそもこの場所に来なければよかった、とも思った。けれど、その時は別の作戦が実行されたに違いない。

逃げ切れはしなかったろう。天災と同じだ。

「も……もったいないお言葉でございます」

「琴を聞かせてはくれまいか。そなたは名手だと聞く。──用意しておいた」

浩帝の目的は、玲枝の顔を見ることだ。他にない。

第二世で、浩帝は坤社院に来た。そして琴を弾く玲枝を見初《みそ》めている。

范皇后の寄進を引き継ぐため、と宦官《かんがん》は言っていた。だが、嘘だ。病に倒れた半年の間、見舞いの一つも寄越さなかった夫が、妻の寄進を引き継ぐなどあり得ない。

当時、坤社院にいた魯淑妃を迎えに来たのでもないはずだ。毒を飲んでいない彼女を無視する夫が、毒を飲んで衰えた彼女を訪ねるわけがない。

世が違っても、人は変わらないのだ。

（ここで折れれば……すべて終わる）

言われるままに琴を弾いた場合、行きつく未来には絶望しかない。

浩帝は、毒の影響を受けていない。玲枝は、名実ともに浩帝の寵姫になってしまう。

ここで、はい、陛下──と言うわけにはいかなかった。

「恐れながら、琴は弾けませぬ。夫のもとへ戻れるよう、願掛けをしておりますので」

玲枝は、はじめて浩帝に向かって拒絶の言葉を発した。

するり、と強く自分を縛《いまし》めていた呪いが、解けていくような感覚がある。

しかし、拒絶程度でなにが変わるというのだろう。

遥々《はるばる》と甫州まで来た浩帝が、手ぶらで帰るとは思えない。

「ならば、舞うとしよう」

「え――？」

いつの間にか中断していた楽が、再開される。

腕をつかまれ、引き起こされた。

顔を必死で隠そうとする手に、なにかを握らされた。扇《おうぎ》だ。

「共に舞えれば、このまま帰ってもいい」

玲枝は、戸惑った。

（嘘に決まってる）

はっきりと、そう感じている。浩帝は、そういう人だ。

簡単に嘘がつけるのは、人を人とは思わぬからだ。

簡単に女を捨てるのは、女を人だと思わぬからだ。

「お約束、いただけますか？」

扇をゆるりと開き、顔を覆《おお》う。

「もちろんだ」

浩帝は、扇の向こうで鷹揚《おうよう》にうなずいた。

その姿は、観桜の宴で見た時と変わらない。

黒い髪は豊かで、腰も曲がってはいない。玲枝の知る浩帝とは、別人のようだ。

「――では、一指し」

玲枝は、楽人に近づき、こそりと曲を指定した。

六人の楽人は、その曲名を聞いてやや驚いた様子を見せる。

だが、玲枝が扇を構えると、躊躇《ためら》いつつも曲を奏ではじめた。

（たとえ嘘だとしても、ここはやり切るしかない……）

顔を扇で隠したまま、玲枝と浩帝は正面から向き合った。

浩帝は、意図に気づいたようだ。くい、と片眉だけ上げ、愉快な冗談を聞いたような表情を見せる。

不思議な既視感に、襲われた。

第二世では、浩帝のために何度も舞ってきた。興が乗れば、共に舞うこともあった。目の前の浩帝に、老いた第二世の浩帝の姿が重なる。

――テテントン……トトトン

大小の鼓の音にあわせ、玲枝は扇を、ひらり、ひらりと顔の前で舞わせた。

曲は、『悪王傾城《あくおうけいせい》』。

悪女が、己の愚《おろ》かさに気づいた悪王を叱咤《しった》する場面だ。

――貴方《あなた》様は、なにも間違ってはおりません。

悪女が優しく王に語りかける。間違ってなどおりませぬ。貴方様は私を愛してくださった。愛に間違いなど、あるはずがございません――と。

悪王は、しかし甘い言葉を拒絶する。私は間違っていた。愚かだ。忠臣の声を遠ざけ、邪悪な女の囁きに耳を貸してしまった。もう悔やんでも遅い――と。

すでに反乱軍は、城を囲んでいる。

悪女は、間違っていない、と言い、悪王は、間違っていた、と言う。

互いの叫びの交差を、二つの笛が奏でていく。

男女の舞手の動きは、鏡合わせだ。

玲枝が動くと、浩帝が動く。

（この運命は、変わらない？　私はやっぱり悪女になるしかないの？）

経験上、元の運命に抗えば抗うほど、反動は大きくなる。

玲枝が避けた結果、楓親王は蔵を焼いた。

柏心は、玲枝を迎えたことで鎮西府に送られた。

浩帝の、玲枝を手に入れるための罠は、第二世より手が込んでいる。

（でも――流されたりはしない！　私は、慎《つつ》ましく弁《わきま》えるだけの女じゃないんだから！）

剣に見立てた扇が、振り下ろされた。

玲枝はくるくると回りながら、その場に膝をつく。

あとは悪王の独白になる。己の愚かさを悔い、天に許しを乞うのだ。

第二世の浩帝は、姜玄昭《きょうげんしょう》に反乱を起こされたあと、少しでも悔いたろうか。愚かだった、と一度でも口にしただろうか。

あるいは――悪女に誑《たぶら》かされた、とでも思ったろうか。

玲枝は扇で顔を隠すのも忘れて、浩帝の舞を見守ろうと思った。

だが――浩帝は、手ぶりで楽を止めさせる。

「なるほど。柏心が好みそうな女だ。気に入った」

あはは、と声を上げて笑いながら、浩帝はこちらに近づいてきた。

（駄目だわ。皮肉が全然通じてない！）

玲枝は顔を隠し、頭を深々と下げた。

手に入れる気を削ぐ作戦が空振りに終わり、いよいよ後がない。

「何卒《なにとぞ》──何卒、お約束を果たしてくださいませ」

「そうだったな。約束は約束だ。──では、馬車まで送ってくれ」

玲枝は、その反応に目を丸くした。

ここまであっさりと退くとは、思っていなかったのだ。

(嘘。……本当に？　帰ってくださるの？)

玲枝は立ち上がり、扇で顔を隠しながら浩帝のあとをついていく。

桜の花弁が、二人の間に二つほど、ひらり、と舞った。

それが地面に落ちるまでの間に、

「──はじめて会った時から、既知のように思えてならぬ。そなたとは、深い縁があるのだろう」

と浩帝が言った。

どきり、と心臓が跳ねる。

「さ、左様でございますか……」

「重世《じゆうせい》の縁、と呼ぶそうだ。世というものは、幾層にも重なっている。それらの世を跨《また》いで行き来する一族がいるのだが──この一族の者が言うには、どれだけの数の世があろうと、変わらぬものがあるという。昂羊宮《こうようきゅう》の池で、そなたに会った時に感じた。我らの出会いはそうした重世の縁に違いない。そなたは、感じぬか?」

常であれば、陳腐な科白《せりふ》に聞こえたかもしれない。

だが、玲枝の耳には、まったく違う響きをもって届いた。

(陛下は、越世遡行《えつせいそこう》をご存じなんだわ……)

まったく、そのような可能性を考えていなかっただけに、動揺している。

だが、ここで狼狽《うろた》えてはいけない。知らぬふりを通すべきだろう。

「恐れ多いことでございます……」

「重世の話……そなた、なにか知っているな? 柏心から聞いているのか」

こちらの動揺を言い当てられ、どっと汗が噴き出る。

「い、いいえ、陛下。なにも聞いてはおりません」

「では、代わりに教えておこう。高祖は——六九〇年前、その気味の悪い一族に、要《かなめ》の戦《いくさ》を百度やり直しさせたそうだ。己の勝利のために。前王朝が滅んだのち、中原《ちゅうげん》の国々は五十年にわたって相争《あいあらそ》った。勝利したのは、八国のうちの一つ、穣《じょう》国の宰相《さいしょう》であった高祖だ。十の戦場でことごとく勝ち、自《みずか》ら蒼国を建て、争いに終止符を打った。常勝の、神のごとき智謀と称《たた》えられたが——実際は、百に一つの幸運だけを選び取ったに過ぎない」

第二世で、何度か浩帝が「百に一つの幸運から、この国はできた」と言うのを聞いている。てっきり比喩《ひゆ》だと思っていたが、違ったようだ。

玲枝は、顔を伏せたまま目を閉じる。百という数字が、事実かどうかはわからない。けれど、恐らく少なくない数の人が死んでいるはずだ。越世遡行では、本人と宿主の命、二つが消えてしまうのだから。

（なんて恐ろしい……）

柯氏は遡行者を壮士《そうし》と呼ぶようだが、美しい言葉で飾ろうと、自死と他殺が同時に行われる凄惨《せいさん》さは隠せない。

「……存じませんでした。その……重世というものを行き来する一族は、なぜそれほどの犠牲を払ってまで、高祖様に尽くされたのでしょう？」

恐怖の中、玲枝は後先も考えずに問うていた。浩帝に対し、はじめてする質問だ。

浩帝は、気を悪くする風もなく、目を細めつつ応じる。

「その一族――柯氏は、海の向こうから渡ってきたそうだ。薬学の技術と、化物じみた力を保ちながら、千年前から桂州の山奥で暮らしていた。その力を忌《い》まれ、穣国の王に攻め滅ぼされたかけたところを、高祖が救ったのだ。気味の悪い異能の者など、排すか取り込んで利用するか、二つに一つ。穣国の王は前者、高祖は後者を選んだ。百度のやり直しは、連中を助けた見返りなのだ。連中は蒼国を守るため、国難が起きる度に、過去へ戻っては危機を修正しているという。そうして我が国は繁栄を続けてきた。……連中は秘薬を用い、過去の、血縁の者を宿主として乗っ取ると聞く。宿主は、なんの前触れもなく、突然に命を奪われる。死を覚悟する間もなく、誰に別れを告げることもなくだ」

玲枝自身も、第三世の自分を宿主としてここにいる。

少しぽっちゃりとした、なにも知らぬ少女は、突然、命を奪われてしまった。

その日から、身体は痩せはじめ、今に至っている。

心の休まる暇はなく、いつも運命の重荷に喘《あえ》ぎ、迫る危機に怯えてきた。

(あの子の身体を勝手に奪って、私は、こんな風にしてしまったんだわ)

肋骨《ろっこつ》の浮いた胴や、骨の形がくっきりわかる胸元。折れそうな手首。

食事の楽しさも、もう思い出せない。忘れていた自分の罪深さが、鋭く心を苛《さいな》んだ。

「恐ろしいことでございます……」

「私の身体にも、奴らの血が入っている」

「え……?」

「高祖の時代から、繰り返し、繰り返し、皇室に柯氏の血は混ぜられてきた。宿主となる肉体には、柯氏の血が入っていなければならない。つまり……私も、いつ身体が乗っ取られるかわからぬということだ。物心ついてから、穏やかに眠れた夜はなかった」

　浩帝は足を止め、ぐっと拳を握りしめた。

　その恐怖にだけは同情できる。唯一無二の天子と、器《うつわ》にされる宿主候補。浩帝の抱える運命の落差は、常人には理解し得ないほど大きい。

「存じませんでした。……そのようなことは、なにも」

「代々の皇帝は、柯邑《かゆう》から妻を必ず一人迎えねばならない。――だが、許せなかった。私の人生は、私のものだ。だから、私は柯邑から秘薬を奪った。そして死に物狂いで柯氏の血を遠ざけたのだ。ところが――最近になって聞いた話では、五十になると、宿主に選ばれることはないという。私は、危機を脱したのだ」

　秘薬が絶えた、と柯氏の側から聞いていたが、それは、他でもない浩帝の手によるものであったらしい。それまで何百年もの間、柯氏の壮士を人柱にして国を保ちながら、今度はそれを奪う。勝手が過ぎるのではないかと思ったが、口にはしなかった。

　玲枝と話しながら、浩帝は南西の方――恐らくは柯邑のある方を見ている。

（代々の皇帝は、柯氏から妻を迎えていた。……柯貴人《きじん》も、それで陛下に迎えられていたのね……乙華様も、本来は陛下か、皇太子殿下に嫁ぐはずだった。それを皇上は覆《くつがえ》し、柏心様に相手を変えさせたんだわ……）

星砕散の製法を奪い、柯氏の血を遠ざける。歴代の皇帝が守ってきたものを、浩帝は、自らの手で捨てたのだ。

それで、己は守れたのだろう。だが、国は？

浩帝の判断が、国を滅ぼすに至ることを、玲枝は知っていた。

「そ、それでは……愚考ながら、国難を逃れる手立てを失ってしまうのでは――」

「滅ぶなら滅べばいい。それが天の意志であるならな。――柯氏などに、家を乗っ取られてなるものか。天命を受けたのは陶《とう》氏だ。柯氏ではない。好きにはさせん。――危機は、徹底して排してきた。過去に一度、我が子が柯氏の宿主にされたことがあってな。まったく、危ういところであった」

その告白に、一瞬呼吸を忘れた。

「……え……？」

「松莞《しょうかん》という、皇后との間にもうけた子だ。ある時から突然、様子が変わってな。それまで大人しかったものが、突然朗《ほが》らかになり、活発になった。世を変えにきた柯氏の、宿主にされたのだろう。だから――池に落として殺した」

観桜の宴で、范皇后から聞いた話を思い出す。

范皇后の息子・松親王は八歳で亡くなっている。病弱であったが、柯貴人が与えた薬で健康を回復したという。よく笑うようになった——とも。

（違う。松親王が活発になったのは、柯氏に乗っ取られたからじゃない！）

柯氏の秘術を疎《うと》むあまり、浩帝は我が子を殺したのだ。元気に走り回るようになった我が子を。范皇后にとっては唯一であった子を。

「そんな——」

「いずれあの一族は滅ぼす。適当に理由をつけてな」

浩帝は、手に持った扇をひらひらとさせながら言った。

とうに冷え切っていた身体が、凍《こご》えるほどの衝撃だ。

（なに、それ。……ちょっと待ってよ）

柯邑を滅ぼした女として、玲枝は柯氏に恨まれた。

第二世で、玲枝を殺したのは彼らだ。

だが——

（私、今の話に関係なくない？）

今の話に、玲枝はまったく関わっていない。

玲枝が美しいかどうか。浩帝が玲枝を愛したかどうか。どちらも無関係ではないか。

浩帝は柯氏を憎み、邑《むら》を滅ぼした。それだけの話である。

（最初から、最後まで……なんの関係もない！）

血を遠ざけた、と浩帝は言った。それも、死に物狂いで。

人は、浩帝が柯貴人の不貞を疑っていたというが、それは違う。浩帝は、柯氏の血を濃く――自分よりも濃く引く皇族が、身近に欲しかったのだろう。むしろ、自身の子ではないと誰よりよくわかっているのは、浩帝自身のはずだ。

（柏心様は――形代《かたしろ》だったんだわ）

浩帝が、自身が宿主にならずに済むよう用意した人の盾《たて》。それが柏心だ。

すでに浩帝は、五十歳になった。危機が去った今、盾は用済みになっている。

（避けられない。……私が、柏心様を救う道はない）

玲枝の容姿がどうであろうと、なにも変わらない。柏心が言動に慎重になろうと、なにも変わらない。

（殺される――）

玲枝は、その場に膝をつき、深く頭を下げた。

「お約束します。柏心様との間に、決して子はなしません。このまま坤社院から一歩たりとも出ずに生きます。ですから……どうか――夫の命ばかりはお助けください」

今の玲枝にできることは、命乞いくらいだ。

守りたい。震えるほどの恐怖に耐えながら、さらに頭を低く下げる。切り揃えた髪が、地についた。

浩帝が、玲枝の前に膝をつく。

扇にうながされ、わずかに顔を上げれば、近い距離で目が合う。

浩帝は、にこりと優しく笑んだ。

願いが通じたのか、とわずかな希望を持ったものの——

「そなたが、柏心を夫と呼ぶ度に腸《はらわた》が煮えくりかえる。一日も早く、あの男を殺したい」

その一言で砕け散る。

「お許しください。どうか——」

「一目会った時に感じたのだ。我が人生は、そなたを得るためにあった。そなたは、重世の縁の中で、私の子を産んでいたに違いない」

違う。玲枝が産むのは、柏心の子だ。

「お許しを。入道したとはいえ、陛下は私の舅《しゅうと》でございます。人の道に外れた行いは、父祖の霊が許さぬでしょう」

「そなたの父は、肯《うけが》ったぞ。魯家の当主から奪った永泉園《えいせんえん》と引き換えにな。還俗させたそなたを他家の養女とした上で、入宮させる手はずになっている。——これを見るがいい」

ひらり、と浩帝が懐《ふところ》から出した紙を、地に放る。

慌《あわ》てて拾えば、そこには某親王に謀反の芽あり、と書かれている。

ひらり、ひらり、と紙はさらに二枚、落ちた。いくらでも用意できる、とでも言いたいのだろうか。文言《もんごん》はほぼ同じだ。

（なぜ――そこまで？　たかが女一人じゃないの）

どうしても、玲枝にはわからない。

人は何度も、女など、女ごときが、と言った。

取るに足らぬ、愚かで、無力な存在だと。

では、なぜその取るに足らぬものに、男はここまで執着するのか。

中原で唯一。中原で最大、あるいは最小。そんな宝物を、玲枝は後宮で見ている。

玲枝も、あの品々と同じなのだろう。

心を持った人だとは、思われていないのだ。

「後宮には……二百の妃嬪《ひひん》がおいでではありませんか」

「そなたに会ってから、女という女が、色と香を失った。汪玲枝。そなたを手に入れたいのだ。入宮さえすれば、柏心は殺さずにおいてやる。――昂羊宮で会おう」

浩帝は立ち上がり、くるりと背を向けた。

肩に上にあった桜の花弁が、いくつかはらはらと落ちた。

「陛下」

「……どうした？」

玲枝が呼び止めると、浩帝は振り向かず返事だけをした。

「なぜ……迎えに行かれないのですか？」

魯淑妃のことであり、玲枝の知らぬ第一世のことでもあった。

浩帝は、ゆるりと振り向き、

「形代とは、捨てるものだ」

それだけ言うと、浩帝は去っていく。

浩帝は、形代として迎えた柏心を消そうとしている。形代は、捨てるものだから。

そして――

（あぁ……そう。そういうことだったのね）

今、浩帝は、自身が范皇后毒殺に関わったことを示唆《しさ》した。

なぜ？　と問う意味はないだろう。廃位の話も出ていた。柏心の庇護者でもあった。さぞ煙《けむ》たかったことだろう。范皇后は、慎《つつし》み、弁え、従うだけの女ではない。

浩帝は、毒を盛り、病に見せかけ、范皇后を殺したのだ。

魯淑妃は今、范皇后に毒を盛ったとの疑いを持たれている。

だから、切り捨てる——と浩帝は言った。

(……私も同じだったんだわ)

柏心は形代だった。魯淑妃も形代にした。——ならば、玲枝のことも形代にする。

姜玄昭の乱という大きな事件と、汪家優遇への不満。

あの浩帝が迎えに来るはずなどなかった。——汪貴妃は、形代だったのだから。

玲枝は、捨てられたのだ。第二世で飲んだ薬が仮死の毒であったとしても、迎えは来なかった。永遠に。

(なにも……なに一つ変えられてない)

浩帝が、魯淑妃を再び愛することはない。魯家は没落するだろう。

代わりに栄えるのは汪家だ。この十年余の、魯家への恨みを引き継いで。

恐らく、運命を変えようとした反動で、汪家の隆盛の時期も早まるに違いない。魯家が所有していた、あの広大で豪奢《ごうしゃ》な永泉園を手に入れるまでの期間も、第二世より三年早い。

柏心の死も、早いだろう。玲枝が浩帝から距離を取った分の反動として。

なにも変わらない。——いや、悪化している。

(仙人と同じだわ。……事態が、反動のせいで悪化している)

柯邑の同胞《どうほう》を救おうとした仙人は、望みも果たせず、国を滅ぼす未来を招いた。

反動は、汪家の繁栄と没落を加速させ、終焉《しゅうえん》を一層凄惨にするだろう。

国を襲う悲劇も、また。

その元凶とされるのは、きっとまた自分だ。

稀代《きだい》の悪女として。形代として。

「悪女のままじゃない、これじゃあ……」

――夫も、家族も守れない。己の名誉さえも。

無力さに打ちひしがれ、玲枝は声を殺して泣いた。


坤社院では、もうこの椿事《ちんじ》が知れ渡っていた。

眉をひそめる者より祝福する者が多かったのは、きっと浩帝が根回しをしたからだろう。

聞いた話では、坤社院に祈禱堂が一つ増え、全員に餅《もち》が振る舞われたそうだ。

（いっそ、このまま死んでしまいたい）

豆の種を植えたばかりの畑を、玲枝はぼんやりと見下ろしていた。

小堂の露台の上は、少し肌寒い。

なんとなく、小玉が肩掛けをかけてくれたのは覚えている。

その後、誰かが「お茶をお持ちしましょうか？」と聞いてきたが、断った。そんな気分にはなれない。

「……行くの？」

ふいに声をかけられ、わずかに顔を上げる。

そこいたのは、青瑚だ。

「ええ。明日、迎えの馬車が来るそうです。従わなければ、柏心様が殺されます」

青瑚の表情には、深い同情があった。正面から見ては泣き出してしまいそうで、思わず目をそらす。

「信じられない。息子から妻を奪って、自分のものにするなんて……」

「本当に。……信じられません」

「自死しないよう見張れと、院長に言われたわ」

ふっと玲枝は、皮肉な笑いをもらした。

「すみません。そんなお手間を取らせるなんて」

青瑚は、椅子に座る玲枝の前にしゃがみ、腿の上にあった手に自分の手を重ねた。

「言われたから来たわけじゃない。……ごめんなさい。私には、なにもできないの。貴女から、たくさんのものをもらったのに」

青瑚の目は腫《は》れ、頬《ほお》は濡れていた。

玲枝も、こらえ切れずに涙をこぼす。

「いいえ。蔑《さげす》まずにいてくださるだけで、十分ありがたいです。これから、数え切れぬほどの蔑みを受けることを思えば……十分に」

「小玉と、話していたのよ。私たち、お芝居が好きでしょう？　もし、今の貴女みたいな主人公がいたとしたら――って」

「私のような……望まぬ相手に嫁がされる主人公……ですか？」

「そう。無理やり攫われたなら、主人公は嫌われない。でも、もし贅沢《ぜいたく》に酔ったら、その瞬間に嫌われるのよ」

玲枝は、濡れた目元を拭った。

「……わかる気がします」

悪女の誇《そし》りを免《まぬが》れる道はある――と青瑚は言っているのだ。

「できることは、まだあるんじゃないかと思うの。抗えるだけ抗いましょうよ。貴女には知恵があるんだし。――あぁ、私にできることを見つけたわ。お茶を淹《い》れてあげる。作戦を練らなくちゃ」

青瑚は、小堂に茶を淹れにいった。

（遡行はできない。それでも打てる手なんて……あるの？）

　范皇后から昂羊宮へと呼ばれた時、死を覚悟した。自分が帰らなかった場合に備え、乙華が竹簡《ちくかん》を読めるよう手を打っている。その後なんの連絡もないので、星砕散が完成したとは思えない。相手が相手だ。そもそも、読んでさえいないかもしれない。遡行の可能性は、ないと断じていいだろう。

（でも、姉上様の言うとおりだわ。諦《あきら》めるのはまだ早い。……そうよ。だって、まだ私は悪女じゃないんだから）

　ひたすらに沈んでいた心に、わずかな力が戻ってくる。

　鈍っていた思考が、再び動き出す。

「さ、どうぞ」

　青瑚は、茶杯を玲枝の前に置いてから、向かい側に腰を下ろした。

「ありがとうございます、姉上様。少し、元気が出て参りました」

「それはよかった。まずは、汪家に手紙を書いたらどう？　このまま、陛下から賜《たまわ》るものを浮かれて受け取ったら、汪家は世に憎まれる。貴女が知恵を絞って贈り物を拒んでも、台無しよ。まずは父君に釘を刺さないと」

　ふだんは飲まない、豊かな茶葉の香りがする。

青瑚が用意したものなのだろう。気づかいが嬉しい。

「父が、私の言葉に耳を貸すとも思えませんが……やれるだけやってみます」

にこり、と青瑚が優しく笑んだ。

「その意気よ。あぁ、まずは鎮西府に連絡をしなくちゃね。手伝えることがあったら、なんでも言って！」

たくさん話したら喉が渇いたわ、と言って、青瑚が茶杯を空ける。

少し照れたように笑むのに、胸がぐっと熱くなった。

第二世では、同じ邸に二年も住みながら顔も合わせず、坤社院に向かう馬車で向かい合わせになっただけの仲だった。第三世は、玲枝の知る人生とは違う、と強く実感する。そう思えば、ますますやる気が湧いてきた。

「ありがとうございます、姉上様。――え？　姉上様？」

淹れてもらった茶を飲もうと、茶杯を手に取った時だ。

青瑚が、喉を押さえている。

「ぐ……く、苦し……」

その顔は、青黒く変色していた。

ぐらりと身体が傾ぐのを、玲枝は立ち上がって防いだ。

身体を支え、床に慎重に横たわらせる。

「く、薬師《くすし》を……薬師を呼んで参ります！」

玲枝は、坤社院の建物の方を見て、絶望した。

畑は、母屋から離れた場所にある。それも斜面だ。場所が悪い。

それでも、死に物狂いで階段を駆け上がった。

「誰か！　薬師を呼んで！　誰か！」

斜面を上がったところで、非常用の呼び鐘を鳴らす。

ガラン、ガラン、と鐘の音が響く。

玲枝は、斜面の下を振り返り――

「きゃあああ！　姉上様！」

声を限りに叫んでいた。

露台一面に、夥《おびただ》しい量の血が広がっている。

この距離でもわかる。青瑚は、息絶えていた。


廊下を、大股《おおまた》に進む。

ヒラヒラと躍《おど》る道服の裾は、青瑚の血にまみれたままだ。

バン！　と大きな音を立て、玲枝は魯淑妃の部屋に入った。

——魯淑妃は、牀《しょう》の上に座っていた。

玲枝の顔を見て、心底驚いた顔をしている。

「なんで——」

なんで、生きてるの？

魯淑妃の言葉は、そう続くはずだ。

目を大きく見開き、驚きのあとに失望している。

（やはり——姉上様を殺したのは、この女だ！）

青瑚が使った茶葉は、いつもとは違っていた。

小玉が言うには、玲枝に肩掛けをかけたあと、茶の準備でもしようと小堂に入り、茶葉がないのに気づいた。部屋へ取りに行っている間に、事は起きたのだという。

ぼんやりとしていた玲枝は、誰ぞ人がいたことだけは把握《はあく》していたが、怪しむことはしなかった。

狙いは、玲枝だったのだ。青瑚はただ、巻き込まれたに過ぎない。玲枝を慰《なぐさ》めようとしたからだ。畑に来たのも、茶を淹れたのも。

（許さない。決して——許さない！）

青瑚は、第二世では坤社院に入った直後に自死した人だ。

早い死も、運命の内だと言えるかもしれない。だからといって、受け入れられるものではなかった。彼女は、自分の人生を、自分のために生きていた。つい先日も、畑を広げる話をしていたのだ。目を輝かせて。明日も、次の季節も、次の年も、人生は続くものと信じていた。

「陛下が、私を後宮に迎えられるのはご存じですね？」

玲枝が言うと、魯淑妃はキッと強くにらみつけてきた。

「だからなんだって言うの？　子も産んでないのに、勝ったつもり？」

「父は、魯将軍が所有していた永泉園を与えられました。それから……楡《ゆ》殿下を廃し、柏殿下を立太子させるとの内約もいただいています。これをご覧になってください」

玲枝は、手に握りしめていた紙を、牀の上に置いた。

浩帝が置いていった、偽装の告発書だ。

「なによ、それ」

「ここに書いてある某というのが、皇太子殿下のことです」

もちろん、嘘だ。

某とは柏心のことを指している。

わかった上で、そう言った。――皇太子と、魯家を煽《あお》るために。

「う、嘘よ。皇上が、柏殿下なんかを後嗣《こうし》になさるわけがないわ！」

「なさいます。私が――この私が、入宮の条件に提示したのですから」

浩帝が、子を産んだ寵姫を捨ててまで選んだ女が。

策まで弄《ろう》し、遥々甫州まで来て、手に入れようとした女が。

「なんて……なんて汚い女なの！」

魯淑妃は、玲枝の嘘を容易《たやす》く信じた。その目は爛々《らんらん》と、怒りを湛《たた》えている。

「貴女の産んだお子は、入道させることで話がついています。魯家の時代は、終わりました。陛下は柏殿下に譲位なさり、私と昂羊宮に隠棲《いんせい》いたします。なにも要らぬ、私さえいればいい――と皇上は仰せでした」

それも、嘘だ。どこの世界に、妻と引き換えに皇位を得ようとする夫がいるだろう。

だが――魯淑妃は、嘘をそのまま呑《の》み込んだ。

「黙りなさい！　この泥棒猫が！」

枕が投げつけられたが、勢いが足りず、玲枝の足元に転がる。

「迎えは来ませんよ、未来永劫《えいごう》。人は、魯氏を忘れるでしょう」

この世の怨恨すべてを煮詰めたような表情で、魯淑妃は玲枝をにらむ。

廊下の方から、慌ただしい足音が、いくつも聞こえてきた。

十人ほどの道士を連れて、入ってきたのは院長だ。初老の女性で、薄幸そうな顔の印象からは想像もつかないが、その俗物らしさは表情に出ている。

「玲枝様！　お早く、お部屋にお戻りくださいませ！　出発まで、危険のないようしっかりとお守りさせていただきます！　ここは……ここはあまりにも危険です！」

「そうね。とても……とても、危険だわ。毒で、共に神々に仕える姉妹を殺すような人の部屋だもの。そうそう、この件は陛下にも、しかとお伝えしなくては」

十人ほどの道士が、玲枝と魯淑妃の間に入る。

坤社院にとって、寄進の額の多い方がより重要な存在だ。今後を考えれば、どちらを庇《かば》うべきかを迷う余地はないのだろう。

「皇上に……告げ口する気？」

「当然でしょう。貴女が私を殺そうとし、その結果、なんの罪もない姉上様を――楓親王妃であった袁青瑚を殺害したこと。ついでに、これまで貴女が私にした仕打ちのすべてもお伝えしておきます。――院長」

「は、はい」

「私、今日はこの部屋で休みたいわ」

「ただいま！　すぐにご用意いたします！」

道士たちが、魯淑妃の荷物を運び出しはじめる。

魯淑妃は「やめて！　なにするの！」と叫んでいた。

「なんて女なの……！　ひどいわ！」

「毒で人を殺しておいて、どの口がそれを言うのです⁉」

生まれてはじめて出す、大声だった。

しん……と一瞬、部屋の中が静かになる。

「道士が一人死んだくらい、なんだっていうのよ。私は淑妃よ！」

「なるほど。では、その言葉も、そのまま伝えてもらうとしましょう」

玲枝が「小玉」と、呼ぶと、道士の間にいた小玉が一歩進み出る。

小玉の手には、手紙が握られている。

「なによ。なにをする気？」

「その手紙を、陛下にお届けして。――きつく罰していただかねば」

目に涙をためた小玉は「かしこまりました」と返事をすると、背を向けて走り出す。ひらりと舞った彼女の裾もまた、血に染まっていた。

「やめて！」

牀から飛び出した魯淑妃が、小玉を追いかけようとした。

道士たちが、その行く手を塞ぐ。

「賜毒《しどく》の馬車は、いつ到着するかしら？　せいぜい怯えて暮らすことですね」

「やめて！　私が悪かったわ！　その手紙を送らないで！」

道士たちに取り押さえられながら、魯淑妃が叫ぶ。

対する玲枝は、冷ややかにその姿を見下ろしていた。

「それが、人にものを頼む態度ですか？」

魯淑妃は、気味の悪いものを見る目でこちらを見た。

恐怖が、その目に宿っている。

それでも、迷う時間が惜しかったのだろう。すぐに床に膝をつき、頭を下げた。

「汪玲枝様にお願い申し上げます。どうか――どうか、その手紙は、焼き捨ててくださいませ……！」

その姿を見て、玲枝は「連れていって」と道士たちに頼んだ。

「袁妃様毒殺の罪は、きちんと調査した上で正しく罰して。できないのなら、曜都から人を呼ぶ。道士が道士を殺しても不問の坤社院など、長くは続きませんよ。――いえ、私が続かせない」

院長の顔色が、サッと変わった。

道士たちが、魯淑妃を連れて出ていこうとする。

「この……悪女めが！」

魯淑妃の声が、空しく響いた。

──悪女。

人はなにをもって、人を悪女と呼ぶのだろう。

玲枝は、平凡な女だ。

良識を愛し、波風を嫌う。悪女などであるはずがない。

（ただの妬みじゃない！　人まで殺しておいて、どの口が悪女なんて言うのよ！）

自分より美しい、若い、慎ましい。自分より男に愛されている、豪華な装飾品を身に着けている。よい食事、よい酒、よい暮らし。それらを持つ者を、人は悪女と呼ぶのではないだろうか。──当の本人が、望んでいるいないにかかわらず。

「好きに呼べばいい」

玲枝の一言に対し、魯淑妃は意味のない罵りを繰り返していた。

その声も、遠ざかっていく。

院長が「必ずや、罪を償《つぐな》わせます！　お任せを！」と胸を叩いて去っていった。

（罪が償われたところで、姉上様は帰ってこない……）

部屋に戻ってきた小玉は、声を殺して泣いていた。

――玲枝は、葬儀の喪主《もしゅ》を務めた。

范皇后から贈られた調度品をすべて売り払い、畑の見える場所に廟《びょう》を築くよう手配した。実家でもなく、婚家でもなく、この畑の見える場所で眠りたい。それが、青瑚が生前口にしていた願いであったから。

喪の十日間を終えたのち、玲枝は道服に簾冠という出で立ちで、迎えの馬車に乗った。

なにも言わず、涙も見せず。

そして馬車が門を出たところで、一人、声を上げて泣いた。


かくして――

蒼暦六九〇年五月。玲枝は、昂羊宮に至った。

もう道服は着ていない。坤社院を出た翌日に、還俗の手続きは済ませてある。

今は浩帝が準備したという、華やかな臙脂《えんじ》の着物を着ていた。まだ伸びていない髪は無理やり結い上げられている。

明日にも某家の養女となる手続きを行い、しかるのち入宮の準備に入るそうだ。

「ねぇ、小玉──」

門をくぐったところで、ついその名を呼んでいた。

だが、今、小玉はいない。

「どうなさいました？」

浩帝が派遣してきた、女官が二人いるだけだ。

「ごめんなさい、なんでもないの」

玲枝は、窓の外に視線を移した。

北にある甫州の山奥と、都のはずれでは季節が違う。

庭の木々は初々しい若葉を輝かせており、牡丹《ぼたん》は大きな蕾《つぼみ》をつけていた。

「陛下は、夕においでになるそうです」

女官が言うのに、玲枝は「そう」と短く返事をした。

昂羊宮に入る時期は、第二世とほぼ同じだ。

違うのは、髪が伸びるまでの三カ月、猶予《ゆうよ》期間があったかどうかである。第二世では待てたものが、第三世では待てぬらしい。

（嫌な反動だわ……本当に嫌。なにが運命よ！　なにが重世の縁よ！）

毒の影響を受けていない浩帝が示す欲が、たまらなく不快だ。

夫を亡くして入道した第二世より、夫が存命のまま坤社院にいた第三世の方が、執着が強い。これも反動の一種なのだろうか。

(それでも……やれるだけのことは、やってきたわ)

四楼殿《しろうでん》の前で、馬車を降りた。

林に囲まれた殿は、ひっそりと静かだ。

日は、間もなく傾きはじめるだろう。浩帝の訪《おとな》いも、そう遠くはない。

四楼殿の四つの楼は、それぞれ四つの季節の花の意匠で埋め尽くされている。扉も、取っ手も、内部の調度品のすべてが、華やかで美しい。

この楼は、春の楼。扉には、満開の桜が彫られている。

玲枝は、美しいものが好きなのだ。きっと母に似て。

(はじめてこの部屋に入った時、とても感動したんだったわ。なんて綺麗な建物だろうって。美しくて、華やかで……夢のようだと思った)

第二世の記憶が、まざまざと蘇《よみがえ》る。

感動した。喜んだ。楓親王によって閉じ込められたのは、納屋として使われていた部屋だった。坤社院で与えられたのも、狭く、陽《ひ》のささぬ部屋だった。だから、突然目の前に現れた美しい世界に、玲枝は酔ったのだ。

――亡き妻を偲《しの》びたい。

浩帝の言葉を、あの頃は真に受けていた。

けれど――三カ月も経《た》てば、さすがに気づく。そうだ。気づいてはいたのだ。それでも、玲枝はこの殿に留まった。半分は、行くあてがなかったからで、半分は、坤社院に戻りたくないと思ったからだ。美しい離宮、美しい建物。美しい着物。美しい暮らしは、玲枝の心を虜《とりこ》にした。

（私は、愚かだった）

はっきりと今、玲枝は第二世での自身の非を認めていた。

父が喜ぶのが嬉しかった。母が喜ぶのが誇らしかった。親類から頼られるのが喜びだった。優遇を断りはしたし、申し訳なくも感じていたが、一族の繁栄を心から拒絶してはいなかったように思う。

抗えなかった。嬉しかった。

最初の夫に愛されなかった空しさが、浩帝から溺れるような愛を受けることで、埋められていくように思われたのだ。――夫に愛されぬ妻は、不幸。だから、今は幸せだ、と自分に言い聞かせて。己の心の虚《うつ》ろからも、破滅の気配からも、目をそらした。

「お食事をご用意いたしました。どうぞ、ごゆるりとお過ごしください」

勧められた席につくと、すぐに食事が運ばれてきた。
卓はあっという間に埋まり、そこには、皿に積まれた茘枝《ライチ》もあった。
（あぁ、茘枝！）
玲枝が愛した果実が、そこにある。
誘うような、たまらなく甘い芳香。頭の中で、その豊かな果汁の記憶が蘇る。
それでも――手を動かさぬのが、矜持《きょうじ》というものだ。愚行を繰り返してはならない。
この手を動かした時、玲枝は悪女になる。
「お酒以外は、全部下げて。……少し一人になりたいの」
並んでいた皿はすぐに下げられ、女官も宦官も部屋から出ていく。
卓の上には、丸い瓶子《へいし》だけが残っていた。
玲枝は瓶子を三本抱え、部屋の真ん中にある螺旋《らせん》の階段を上がっていく。
三層になった楼をひたすらに上った。
そして――屋上に出る。
広大な昂羊宮を一望できる場所だ。夕焼けが美しい。
（仙人は……今どこにいるのかしら）
橙色《だいだい》の広い世界を、目を細めて眺める。

満開の桜の下で、仙人とはじめて出会ってから通算二十九年。二度目の出会いからは十二年。ずっと、長い旅をしていたような気がする。

（あの時は、十割陛下が悪いと言ったけど、よくよく考えたら、私も一割五分くらいは悪かった……いえ、一割以下ね、絶対）

自分の愚かさは、認めるところだ。

しかし、やはりどうあっても玲枝は、自分が悪女だとは思わない。

いかに女を愛したからといって、国政を放棄し、寵姫の一族を重用し、民を苦しめ、反乱を誘発するべきではない。玲枝を悪女にしたのは、浩帝だ。それが、第三世を生きた結論であった。

「見てなさいよ。今、私が悪女じゃないって証明してみせるから！」

玲枝は、瓶子に直接口をつけ、酒を一気に呷《あお》った。杏《あんず》の酒のようだが、もう味などどうでもいい。

くらくらと眩暈を感じながら、玲枝はその時を待つ。

まだ、馬車の姿は見えない。

（まだ足りない。もっと酔っておかないと……）

浩帝の到着を待って、目の前で死ぬ――というのが、玲枝の作戦だ。

柏心の命を守り切れないのは心残りだが、正しさがどちらにあるかを世間は知るだろう。命を賭けて通す意地である。人を形代と呼んだ男への、細《ささ》やかなる復讐《ふくしゅう》だ。

(柏心様……あぁ、最後に一目お会いしたかった……)

一本目の瓶子を空にして、二本目にかかる。

さすがの玲枝も、正気のままではこの高さから飛び下りるのは難しい。

——足元が、騒がしくなる。人馬の音が、近づいてきた。

(いけない。急がないと!)

二本目を飲みはじめた途端、慌てるあまり、噎《む》せた。

落ち着くのを待って、もう一度飲もうとしたところ——

「汪玲枝だな!」

声をかけられた。お陰で、さらに噎せる。

涙目で振り返ると、そこに若い男が立っていた。

(計画と違うけど! もう、四の五の言っていられない!)

玲枝は瓶子を放り出し、手すりの向こうに身を投げた。

夕焼けが、終わろうとしている。

身体が闇《やみ》に呑まれていくかのようだ。

だが――そこから、思ったようには落ちはしなかった。

腕を、若い男につかまれている。

「邪魔をしないで！　私は来世で夫に会うの！」

玲枝は、酔いやら、自棄《やけ》やら、わけのわからぬ興奮の中で叫んだ。

「早まるな！」

ぐい、と腕を引かれ、どさりと身体が屋上に戻される。

「死なせて！　私は、柏心様の妻として死ぬの！」

倒れこんだ格好のまま、青年の腕は、しっかりと玲枝を抱き締めていた。身動きが取れない。

「落ち着け！」

「私は、落ち着いてる！　すごく冷静！　見たらわかるでしょう!?」

「まったく落ち着いてなど――なんと……なんと美しい……！　さながら、朝露をまとう菫《すみれ》の花！」

青年との距離は、ひどく近い。

だから、はっきりと見えてしまった。――青年が恋に落ちた顔が。

「……貴方、誰？」

「その花の顔《かんばせ》には、月も恥じらう——おぉ、なんという美しさだ！」

詩人のごとき言葉を紡《つむ》いだ青年は、柏心よりやや若いだろうか。

（またこれ？　なんなのよ、これ以上話をややこしくしないで！）

もう、意味のない一目惚《ぼ》れなど真っ平ごめんだ。禍《わざわい》の種にしかならない。

「用がないなら、離してちょうだい。これから死ぬの」

「お待ちを、この世のものとも思えぬ美しい人。私は、魯季長《きちょう》と申します。非才ながら都《と》護《ご》軍の衛府を務める者」

「魯……？　魯家の方なの？」

季長と名乗った青年は、潤んだ目で玲枝を見つめたまま、腕を放した。

玲枝は、酒のせいで痛む頭を押さえつつ、青年から距離を取る。

「魯淑妃の、腹違いの弟でございます。……姉から聞いていた話とあまりに違うので、驚きました」

玲枝は、目を明後日《あさって》の方に向けて、ため息をつく。

あの魯淑妃が伝えたならば、度を越えた悪口に違いない。

「まぁ、概《おおむ》ね想像はつきますけれど」

「男という男を手あたり次第誑かし、私利私欲のために人を顎《あご》で使う悪女だ——と」

　それが、浩帝の寵を奪われまいと、人に毒を盛った女の言うことだろうか。

　腹の底から怒りは湧いたが、口にはしなかった。今は、先にすべきことがある。

「悪女と謗られようと、通さねばならぬ道理がございます。邪魔をなさらないで。陛下がいらしたら、私はここから――」

「汪妃様。陛下は、おいでになりません」

「……え？」

「天祥城は、皇太子殿下によって制圧されました。汪妃様が、浩帝陛下の妃嬪の列に加わるご予定でしたら、ここからお移りいただくところでしたが……」

　玲枝は、ぱちぱちと瞬《まばた》きを何度かして、

「よく……わかりません」

　と口にしていた。

　皇太子が、天祥城を制圧したとはどういうことだろうか。

「陛下と妃嬪の皆様は、現在、後宮内に幽閉されておいでです。魯家は、皇太子殿下の側に与《くみ》しました。近く、譲位式が行われるでしょう」

　まさか、と口が動いた。

　制圧、幽閉、さらに譲位とは、ただ事ではない。

（……それって、謀反じゃないの？）

たしかに、玲枝は魯家を煽った。

浩帝が作らせた偽の告発書を魯淑妃に見せ、魯家経由で皇太子を焚《た》きつけもしている。

そうすれば、皇太子と魯家が、玲枝の入宮を止めるのでは——と期待したからだ。

だが、まさか勢い余った皇太子が、浩帝に対して反旗を翻すとまでは思っていなかった。

まったくの予想外だ。——あるいは、これも反動なのだろうか。

「そんな……そんなことになっていたなんて……」

「やはり、姉の話は嘘でしたか。おかしいと思ったのです。汪家が魯家に取って代わろうとしているだの、柏殿下が皇位を狙っているだのと。叔父は、すっかり頭に血が上っていたようですが……いや、まったく愚かなことだ」

魯淑妃の報告は、あながち嘘ではないが、それは黙っていることにした。

もはや、玲枝の発言の有無など問題にならないだけ、事は大きくなっている。

「では……私は、帰ってもよろしいのですね？」

魯季長は「お送りします」と言って玲枝の手を取って歩き出す。

目は恋をしているが、対応はごくまともである。

魯季長は、玲枝を馬車まで見送った。

「ありがとうございました、魯衛府。貴方は命の恩人です」

「礼には及びません。こちらにも下心が」

「まぁ」

玲枝が眉を寄せると、魯季長は目を細めて「その困り顔も、さながら嵐に耐える柳のごとき健気さだ……」と独り言を言っていた。

「魯家にも、柏殿下との対立を避けようとする者がいることを、ご承知おきいただきたい、という話でございます」

魯季長は、恭《うやうや》しく一礼した。

浩帝の側につけば、魯淑妃が産んだ親王がいる。皇太子の側につけば、魯淑妃の従妹《いとこ》の魯妃がいる。どちらが勝っても、魯家は安泰だ。だが――そのどちらもが倒れたら？

その時、柏心の存在が重くなるのは間違いない、と魯季長は考えたのだろうか。

（さすが、魯家は強《したた》かだわ。しっかり恩を売られたわけね）

その強かさのお陰で、玲枝は命拾いしたことになる。

「必ずや、夫に伝えます」

「お願いいたします。――それと、命の返礼にもう一つ。貴女の美しさと、清らかさを、千年残る詩に綴ることをお許しください」

玲枝は、小さく笑ってしまった。

先ほど聞いた限りでは、さほど優れた詩人とも思えない。気にする必要はないだろう。

「どうぞ、お好きに」

馬車が、動き出す。

後ろの方で「筆名は、黒千山《こくせんざん》です！」とかすかに聞こえたが、もう耳には入らなかった。

——こうして、昂羊宮から玲枝は脱出した。

まったく思いがけないことながら、二度と帰ることはないと覚悟していた婚家へと舞い戻ったのであった。


夜を徹して移動し、曜都に着いたのは早朝のことだった。

戦を恐れてか、多くの馬車が城門から出ていくのとすれ違う。

城内も、不穏な緊張感に包まれている。市《いち》は無人で、店は閉まり、行き交う人もほとんどいない。

(やっぱり、どう考えてもおかしいわ。魯淑妃の存在は、もう魯家の中では大きくないはず。坤社院から送った手紙だけで、皇太子殿下が反乱を起こすなんて……反動とはいえ、やっぱり変よ)

第二世では、皇太子は玲枝の死ぬ頃まで、その座にあった。仙人の口から、楡帝、という言葉も聞いている。本来、父の後を継いで帝位に就くはずの人だ。

その座を脅《おびや》かす存在も他にないというのに、今、なぜ父親に弓引かねばならないのか。変化が、あまりにも大きすぎる。反動の一言だけで、納得できるものではない。

玲枝の想像の及ばぬところで、事は動いているようだ。

「申し訳ございません。柏親王府の門の前は、馬車が連なっておりまして。こちらでお降りいただけますか？」

外から声をかけられ、玲枝は礼を伝えてから、馬車を降りる。

たしかに、柏親王府の門前には馬車が連なっていた。なにやら荷物を積み込んでいる。

前庭で荷物の指図をしているのは、すらりと背の高い女性だった。

「姉上様！」

乙華も異常事態を前にして、離れから出てきたらしい。

「……玲枝！　貴女、どうして……坤社院にいたんじゃないの？　その格好はなに？」

乙華はひどく驚いた顔で、美しく着飾った玲枝の姿に戸惑っていた。

「詳しい話は、後ほど。どちらへ向かわれるのです？」

「実家に身を寄せるよう、殿下に言われたの。すぐに出るわ」

「わ、わかりました。では、私も父を頼り、桂州の州城に向かいます」

乙華とは、気まずい関係のまま別れたきりだ。

非常時とはいえ、また普通の会話ができたことに、小さく安堵《あんど》する。

「坤社院には、もう戻らないのね？」

「はい。還俗の儀式は済ませて参りました。あの……姉上様。例の……私の部屋にあった竹簡は、読んでいただけましたでしょうか？」

乙華は「えぇ」と短く返事をしたあとは、荷物の指図を再開させた。

一瞬、期待に玲枝の胸は高鳴った。

星砕散が完成している可能性が、見えたからだ。だが、高揚はすぐに去る。

(待って。まだ秘薬の出番はないわ。万が一完成していても、今の流れは止めたくない。柏心様も生きている。私も陛下の寵姫になっていない。このまま走り抜けられるなら、それに越したことはないわ)

遡行など、せずに済むのが一番いい。

だが、もしするのなら、可能な限り多くの情報が必要だ。

第一世でも、第二世でも起きなかった皇太子の反乱がもたらすものを、見届ける必要があるだろう。

「あら、こんな立派な絨毯《じゅうたん》、邸にありました？」

　無心で荷を運んでいた手が、ふと止まる。

　見事な絨毯が二枚、馬車に積み込まれるところだった。きっと西域の絨毯だ。桂州の実家の蔵にも飾られていた。――残念ながら、楓親王に焼かれてしまったが。西域の絨毯一枚の額は、家一軒と比されるほど。家屋の維持で精一杯の邸には、似つかわしくない。

「柏心様と、義兄弟の杯《さかずき》を交わしたとかいう西域商人からの贈り物よ。一枚は貴女の分だから、持っていくといいわ」

「まぁ、そうでしたか。荷ほどきするのが楽しみ――」

　乙華との会話の途中で――

「玲枝が戻っているはずだ！　会わせてくれ！」

　聞き覚えのある声が、門のところで聞こえた。

　今、玲枝の居場所を知る者は多くないはずだ。とっさに、玲枝は馬車から離れ、乙華と共に行李《こうり》の山の陰に身を隠した。

　耳を澄まして様子をうかがう。客は、皇太子らしい。

（なんで？　なんで皇太子殿下がここに？）

　皇太子は、浩帝を幽閉し、反乱行為の真っ最中のはずだ。

とっさに浮かんだのは、人質にされるのでは、という想像だ。

しかし――

「出てきてくれ、玲枝！　お前は、私が先に見つけたんだ。五年前、汪刺史《しし》の邸で琴を弾くお前を一目見た時、心奪われた。小癪《こしゃく》な弟に攫われてしまったが――あの時、私のことを見ただろう？　目が合った。運命だ！　そなたも、それ以降は琴を弾かなくなったと言うではないか。私に娶《めと》られるのを、慎ましく待っていたのだろう？　すまないことをした。だが、安心してくれ！　父の魔の手は退《しりぞ》けた！　誰より深く結ばれた、我らの縁を邪魔する者はもういない！　運命が我らを導いたのだ！」

聞こえてきた皇太子の言葉は、ひたすら玲枝を困惑させた。

（なに？　なんの話？　なにを言ってるの、あの人！）

五年前といえば、玲枝がまだ桂州にいた頃の話だ。

父に琴を弾かされた時、おかしな声がして辺りを見回したことはある。たしかにある。気味が悪い、と思ったのだ。以降、玲枝は琴を弾くのをやめたが――だからといって、皇太子に嫁ぎたいなどと思ったことは一度もない。

そもそも、それは反乱の真っ最中に言うことなのだろうか。

「私が即位する時、そなたは皇后になるのだ。――やっと結ばれる。なにが欲しい？　なんでも欲しいものをやろう。そうだ。まずは、殿を新たに建てるとしよう！」

なんと空しい言葉だろう。

玲枝の心は、カラカラに乾いていた。

（こんなことも……私のせい？　こんな、馬鹿馬鹿しいことまで？）

美しさは罪だと人は言う。だが、なにをどう考えても、これが玲枝の罪とは思えない。

「楡殿下。お待ちを。それでは話が違います。兵を挙げるにあたっては、第五妃である魯妃を皇后に擁立《ようりつ》するとのお約束をいただいていたはず」

皇太子を止めたのは、玲枝を送ってきた魯家の者のようだ。

「あ、これは魯家の……聞いていたのか。いや、違う、違うんだ。皇后の座、というのは、あくまで比喩でだな――」

乙華が、玲枝に「中に隠れて」と空の行李を示す。

言われるまま、玲枝は行李の中に隠れた。入った途端、行李が持ち上げられる。

運んでいる使用人が「裏に回ります」と声をかけてきた。

離れの辺りを進んでいるのか、薬草のにおいが濃くなる。久しぶりに触れる、独特なにおい。帰ってきたのだ、と強く感じる。

（諦めたくない。ここまで来たら、絶対に生き延びてやるわ！）

にわかに欲が出てきた。二度と戻れぬと思っていたこの邸に帰れたのだから、もっと多くを望むこともできるのではないだろうか。

不思議なにおいが、行李の網目をぬって鼻に届く。

なにかの香だろうか――と思ったのを最後に、玲枝の意識は途切れた。


ハッと目を覚まし――身体の痛みに、顔をしかめた。

(痛……)

ゆっくりと目を開けた――つもりが、辺りは真っ暗だ。

強烈な恐怖に、どっと冷や汗が出る。

(……なに、これ、ここはどこ？)

第二世の終わりの記憶が、生々しく蘇った。

だが、今は拘束もされておらず、猿轡《さるぐつわ》もされていない。手で触れたのは、石のひやりとした感触だ。――背が凍る。

重い石の蓋《ふた》はかすかにずれていて、細く光がもれていた。

――松脂《まつやに》を煮詰めたようなにおいがする。

(星砕散！)

　玲枝は、死の予感に身震いした。

　高い楼の上に立った時より、よほど恐ろしい。能動的に向かう死と、受動的に強《し》いられる死では、後者の方が圧倒的に恐怖の度合が勝る。

（これは夢？　それとも……今までが全部……夢？）

　ここがどこで、今がいつなのかを一瞬見失う。

　そもそも世は重なりなどしておらず、玲枝は今から殺されるのではないか。第三世自体が、長い幻《まぼろし》であったのかもしれない――とも。

　しかし――

「この女を遡行させましょう、長《おさ》。星砕散は、私が完成させました」

　乙華の言葉を聞いて、状況が理解できた。

　恐らく、ここは柯邑だ。乙華によって、運ばれてきたのだろう。

（姉上様が、星砕散を完成させた？　じゃあ、あの仙人の竹簡は、ちゃんと読めたんだわ！　よかった！）

　一瞬、玲枝は喜んだ。

　しかし、すぐに気づく。――今は、遡行している場合ではない、と。

「だが、壮士が竹簡に書いた未来と今では、齟齬《そご》がある。悪い変化ではないはずだ。ここでの遡行は尚早であろう」

若くはない男の声がした。長、と呼ばれていたので、柯邑の長なのだろう。

壮士というのは、遡行者の美称だ。仙人を指している。

（仙人が、あの竹簡に第一世のことを書き残してたのね。……そう、そうなのよ。齟齬はあるの。私、頑張ったもの！　だから、遡行は思いとどまって！）

恐怖を忘れ、玲枝は拳を握りしめた。

「いずれ浩帝の傍《そば》に侍《はべ》る女です！　浩帝の執着は異常でした。皇太子も同じように執着しております。浩帝にせよ、皇太子にせよ、この女のためならばなんでもするでしょう。いずれ柯邑も潰されます。同胞を守るためには、この女を遡行させせねば！」

乙華の声は、ひどく冷たい。

悲しさで胸が張り裂けそうだ。一時は親しく会話をする間柄であったものが、どうしてこうも隔たってしまったのだろう。

「だが、今は柏殿下の妻だ。柏殿下が、女の好む果実のために柯邑を滅ぼすはずがない。ここは、殿下にとって父母の魂《たましい》の眠る場所だぞ」

「この女は還俗したばかりで、まだ誰の妻でもありません。誰の妻にもなり得るのです。今の騒ぎが収束したら、またこの悪女は世を乱すに違いありません！」

拳を握りしめていた玲枝は、ふと気づいた。

風向きは、決して悪くはない。

（あれ？　これ……もしかして、殺されずに済む流れ？）

第二世では一方的な断罪だったが、今回は違う。

理由は、一つだろう。――玲枝は、まだ悪女ではないのだ。

「乙華。汪妃様は、このまま柏殿下のもとにお戻しせよ。他の薬師たちとも相談したが、それが一番だとの結論になった。壮士が動いているのであろう。壮士の行いを妨げてはならん。恐らく汪妃様を教育され、正しい道に導いたのだ」

仙人が第一世のことを書いたのは、春の四阿《あずまや》で玲枝と会う前のはずだ。

玲枝の遡行を知らない状態で書いている。そのせいで、あの『書を渡す』という、意味があるとも思えない作戦が、有効だったと思われているらしい。

（いや、別に仙人から受け取った本で賢くなったわけじゃないけど……！　でも、いい、もう、この際なんでも！）

玲枝は、言いたい言葉をすべて呑み込んだ。

「ならば、殺すべきです」

乙華は、きっぱりと言った。

その一言に、ぐさりと、胸が貫かれる。

玲枝は、決して乙華のことが、嫌いではなかったのだ。

「それでは救国の英雄が生まれぬ。お前には、柏殿下の子は産めぬのだぞ？　壮士の遡行は成功している。手出しはするな。余計なことを考えず、英雄の出生を助けよ」

第二世では自分を遡行させようとした人たちが、今は努力を認めてくれている。第三世の、必死の働きが報われたのだ。涙がにじむ。――手柄が、仙人のものになっているのだけは気になるが。

「男を惑わす悪女です！　殺すしかありません！」

「ならん。壮士が柯貴人の弟御・弘徳《こうとく》殿を宿主にした以上、壮士は、柏殿下と汪妃様の子孫である可能性が高い。壮士を守るのが柯氏の務めだ。――柏殿下を呼んでくるとしよう。乙華、汪妃様が目覚めているようであれば、物忘れの薬を飲ませておいてくれ」

柏心が――近くにいるらしい。

（え？……会えるの？　柏心様に……？）

なぜ、柏心が鎮西府ではなく柯邑にいるのか。

玲枝にはさっぱりわからないが、胸は期待に染まった。だが――邑長が部屋を出ていく雰囲気を感じ取り、青ざめる。

（え？　待ってよ、ちょっと。二人きりにしないで！）
そこに虎がいて、ここに兎《うさぎ》がいる。殺さぬと決まった段階で、兎は逃がすべきだろう。
そのまま虎の前に放置するとは、信じがたい暴挙だ。
嫌な予感そのままに、ズズ……と棺《ひつぎ》の蓋が開く。
（こ、殺される……！）
恐怖で、心の臓が悲鳴を上げている。
だが、努めて、たった今目覚めたばかりの体《てい》を装った。
「あ……姉上様？　ここは――」
完璧だ。
自分の演技力に、心の中だけで拍手喝采《かっさい》を送る。
（時間を稼ごう。なんとか、時間さえ稼げば柏心様が来てくださる！）
ところが――
「夫を返して！」
いきなり腕が伸びてきて、首をつかまれる。
「ひぃっ！」
とっさに抗う。狭い石棺《せっかん》の壁に、手足がぶつかった。

「私は、柏心様の唯一の妻であったはずなのよ！」

石棺の狭さは、抗いにくい玲枝にも不利だが、体重をかけ切れない乙華にも不利だ。手足を滅茶苦茶に動かし、必死に抗う。その足が、偶然、乙華の顔にあたった。

ぐらり、と乙華が体勢を崩す。

その隙《すき》に、玲枝は勢いよく石棺から飛び出した。

人の胸ほどの高さから落下し、強かに身体の右側を打ちつける。

「……ッ！」

痛い。けれど、逃げねば殺される。

這《は》うように逃げた拍子に、カシャカシャと髪飾りがいくつも落ちた。

「貴女、遡行者でしょう?」

やっと身体を起こした瞬間、ひゅっと息がつまった。

心の臓を凍った手で鷲《わし》づかみされたかのように、身体がすくむ。

それは、知られてはいけない秘密だ。仙人からの忠告は忘れていない。

「な、なん……なんのことです?――きゃあ！」

乙華が、玲枝に体当たりをしてきた。

辺りには本が積まれていて、二人が倒れた拍子に、バタバタと落ちてくる。

落ちてくる本から顔を守っている間に、乙華は玲枝の上に馬乗りになっていた。

「遡行者を見極めるのは簡単なの。目覚めた途端、自宅で迷うから。……貴女はその逆。あの広い離宮で、知らぬはずの道を歩いた。一見してわからぬ入り口も、迷わず見つけた」

玲枝は、ぎゅっと目をつぶった。

身に覚えがある。玲枝は、范皇后による寵姫毒殺を防ぎたい一心で、迷わず虹橋殿《こうきょうでん》に向かった。そして隠れた入り口を示している。

だが、ここで遡行を認めるのは、危険だ。

「それは……似た、似た、造りの建物を、知っていたからです！　本で読みました！」

「なにが目的だったの？　理由もなしに、遡行する者はいないわ。まして女が。遡行は、一族の中でも能力の高い、強い精神を持つ者しか行えないの。壮士に選ばれるのも、宿主になるのも名誉なことなのよ。お前のような、薄汚い女に許される誉《ほま》れではない！」

知ったことか！　と叫びたいところだ。

そのようなことは、玲枝に星砕散を飲ませた薬師たちに言ってもらいたい。

乙華の手が、すぐ傍にあった卓に伸びる。

あの――においがする。星砕散だ。

乙華の手が、漏斗《ろうと》と、椀《わん》を持っている。――もう、言い逃れはできない。

「く、国が──国が滅ぶと言われたのです！　私の産む子が、国を救うのだと……！」

「国など知ったことか！」

乙華が叫んだ。

知ったことか！　玲枝とて、そう叫びたかった。

けれど──柏心についてだけは、はっきりと言える。

（私の、罪だ）

玲枝は、乙華から夫を奪った。

本来、柏心の妻は、乙華一人であったはずだ。

永泉園での舟遊びの最中、愛の告白を受けた玲枝は、彼がこれから娶るという妻への配慮など、まったくしていなかった。

これで悪女にならずに済む。家族と、桂州と、国を守れる。孫に恥じられずに済む。

それは正義であったが──それだけではなかった。あの時、玲枝は柏心に恋をしていた。思いを向けられ、舞い上がっていた。幸せに、酔っていた。

昴羊宮でのわずかな逢瀬《おうせ》でも、同じだ。

あの頃の玲枝は、乙華の夫への思いを知っていたというのに。

「お許しを。……どうか、姉上様……」

「一族以外の遡行者は、役目を果たし次第、消されるの。今生き延びたって、いずれお前は殺される。それが嫌なら、次は柯氏とは関わらずに生きることね！」

顎をつかまれ、口に漏斗をつっこまれた。

どろり、と粘度のある液体が、流れ込んでくる。

強烈なにおいが、そのまま死を連想させた。

――死んでしまう。

（柏心様――）

とても遠いところで、柏心の声が聞こえたような気がした。


――桜舞う庭の四阿に、仙人がいる。

嫌だ、と思った。もう嫌だ。繰り返したくない。今度こそ、池に飛び込みたい――

「玲枝――」

ハッと目が覚める。

桜はない。枕元にいたのも仙人ではない。柏心だ。――生きている。

夫も、自分も、たしかに生きていた。

「柏心……様――」

「申し訳ない。私がもっと、急いでいれば――」

涼やかな風が、頬を撫でる。

薄い窓布が、日の光を穏やかに弾きながら舞っていた。

「……姉上様は？」

愛《いと》しい人が、そこにいる。

けれど、すぐに目を伏せた。

罪の意識が、鋭い刺《とげ》のように心を苛み続けている。

「離縁した。もともと、正しい婚姻《こんいん》ではなかったのだ」

正しい婚姻、という言葉に、胸が痛む。

違う。正しくないのは、玲枝との関係の方だ。

「それは……皇族の定めだからでございますか？」

「私の生母の柯貴人が、入宮以前に婚約を――いや、結婚をしていた男性が、別の女性と再婚したのちに授かった娘が、乙華だからだ」

「……え？」

「陛下は、私の実父と疑われていた者を知った上で、乙華との婚姻を強引に決めた。……断れなかった私の弱さが招いたことだ。すまない。つらい思いをさせてしまった」

正しくない、と柏心が言った理由が、やっとわかった。

ぱたり、と涙が、握りしめた拳の上に落ちる。

（なんと酷《ひど》いことを！　陛下は、柏心様を異母妹と結婚させたんだわ！）

浩帝は、柯貴人が妊娠中であるからこそ入宮させたはずだ。我と我が子を遡行の宿主とさせないよう、形代になる親王を身近に置いた。

すでに懐妊していた柯貴人を迎え、その子を親王としておきながら、あえて異母妹と娶《めあわ》せようとは、あまりに悪趣味だ。

「あんまりでございます……」

皇后に聞いた話では、柯貴人は婚約者の――恐らくは、柏心の言うように婚姻関係は成立していたのだろう。元夫と言うべきかもしれない――再婚と、子の出生を知ったがために自死している。

その柯貴人を絶望させ、死に追いやった子が乙華ならば、幾重にも酷い話だ。

玲枝の頰を濡らす涙を、柏心はそっと拭った。

「申し訳ない。……どうか、乙華を許してほしい」

柏心の優しい言葉は、胸を抉《えぐ》った。

乙華は、柏心を想っていた。兄妹《きょうだい》としての情だったのか、それを越えていたのかはわからない。ただ、玲枝の存在が、乙華を追いつめたことだけはたしかだ。

「許すなどおこがましい。ただ、姉上様の心の平穏を祈るばかりです」

「幸い、飲まされた薬物は無毒だったそうだ。……貴女が無事で、本当によかった」

柏心の声は、かすかに震えていた。

久しぶりに見る、夫の顔。その目が濡れている。

互いの心が、悲鳴を上げている。きつく抱きしめ合いたい、という衝動を、玲枝は懸命にこらえた。

「……小玉には、お会いになりましたか?」

「あぁ。会って、すべて聞いた。彼女は鎮西府で保護している。安心してくれ。坤社院に入った経緯も、出た経緯も。……貴女の遺書も受け取った。それから――袁親王妃のことは、残念だった」

永泉園の池で、思いを伝えあってから、四年。

婚儀を行うはずだった日から、三年。

あまりにも多くのことがあった。

玲枝を狙った毒で青瑚が死んでいる。無事を喜ぶことも憚《はばか》られる。

愛する夫との再会も、乙華の苦しみを思うと笑みさえ浮かばない。

今も運命を変えた反動は、曜都に混乱をもたらしている。

再会は、胸が震えるほど嬉しく、けれど身の凍るほど罪深くも思われた。

「できる限りの弔《とむら》いはさせていただきましたが……命は、戻ってはきません」

「その件は、袁家とも協力して調査させている。正しく裁くことが、せめてもの弔いだ」

玲枝は、顔を覆って嗚咽《おえつ》に耐えた。

正しく裁く、という言葉には救われるものがある。

「ありがとうございます。……どうぞ、よろしくお願いいたします」

玲枝は、深く頭を下げた。

下げた頭を上げた時、人が部屋に入ってきた。

道服に似た装束の人たちだ。一様に背が高く、印象はどこか仙人を思わせる。

食膳の支度をすると聞いて牀から下り、心地いい風に誘われるように露台に出た。

「まぁ……」

露台は、壁と住居を兼ねたような、円形の建物の一部だった。

縦に細長い建物が連なり、円をなしている。

玲枝がいるのは、そのうちの三階部分だ。

中央の円の土地には井戸があり、露台では草木が植えられていた。きっとあれは、薬草だろう。それらしいにおいがする。

「ここが——母の故郷……柯邑だ。璧《へき》の形に似ているので、璧邑とも呼ばれているそうだ。私もはじめて見たが、近隣に十数個並んでいて、なかなかに壮観だった」

「あぁ、なるほど。璧の形をしておりますね」

「柯氏の祖先は、海を渡って中原に至ったそうだ。……時に迫害もあったと聞く。こうして長く独自の暮らしを保つのは、容易ではなかったろうな」

玲枝の長い旅も、柯氏の技術のなせる業だ。

その源流とも言える場所に立ち、感慨のようなものが押し寄せてくる。

「詳しい話は存じませんが……不思議な力を持っているとか。陛下からうかがいました」

「夢を——見るそうだ。未来の夢を」

円の形の庭を、子供たちが駆けていく。

井戸で青菜を洗う女たちが、なにかおかしなことでもあったのか、どっと笑っていた。

（なるほど。外に対しては夢だと誤魔化《ごまか》してきたのね。皆、考えることは同じみたい）

玲枝も、小玉に伝えるにあたって夢だ、と誤魔化したが、邑全体がそれで通しているらしい。正しい判断だと思う。迫害があったのならば、なおさらだ。

だが、その話を玲枝は続けなかった。

「ところで……柏心様は、どうしてこちらに？　鎮西府は、どなたかにお任せになっているのですか？」

自分が遡行者であることは、伏せたまま死にたいと思っている。

かつては楓親王の妻で、浩帝の妻で、稀代の悪女だったと、柏心にだけは知られたくなかった。

「汪刺史が、私の代わりに鎮西府を守っている」

「え⁉　父が？　だ、大丈夫でしょうか？」

玲枝は、口を押さえて驚いた。

「危険な役目ではない。案ずるな」

「しかし――」

なにも、玲枝は父の身を案じたわけではない。

父は第二世で、魯将軍に代わって鎮西府の守将となった。悪手に悪手を重ね、姜玄昭の乱を誘発。最後は一族郎党皆殺しの事態を招いている。不安だ。

「曜都の治安維持のため、鎮西府の軍の一部を派遣することになったのだが、長塞《ちょうさい》の向こうには隙を見せたくなかった。難渋していたところ、汪刺史が、率先して留守を預ると申し出てくれたのだ」

玲枝は、ほっと胸を撫で下ろす。

留守を預かる程度であれば、さすがの父も大きな失敗はしないだろう。

（でも、意外だわ。父がそんなことを申し出るなんて。……もしかすると、私の意見を容れてくださったの？　まさか……いえ、でも、まるきり無視したわけではなさそう）

青瑚の喪に服している間に、魯淑妃が玲枝の毒殺を目論《もくろ》んだ件は伝えてあった。

魯家は、汪家を憎んでいる。手を携える道はない。ここで魯家の轍《てつ》を踏めば、魯家だけでなく国中が敵に回るだろう、と。

娘の手紙など読み飛ばす恐れもあったが、行動の変化から推測すれば、読んだ可能性が高い。青瑚の助言のお陰だ。ぐっと胸が切なくなる。

「そう……そうでしたか。では、曜都に向かう途中に柯邑にいらしたのですね」

「あぁ。だが、軍を一時離れているのは、刺客から身を隠すためだ」

「え――？」

玲枝は、苦悩のにじむ柏心の顔を見つめた。

「鎮西府内で、刺客に襲われた。友人が――義兄弟の杯を交わした義兄が、私と間違われて刺され、命を落としている。……残念だ。私が食事に招いたばかりに」

玲枝は、手すりを強く握りしめる。

義兄というのは、きっとあの絨毯を贈ってくれた西域商人のことだろう。

遠い異郷で得た友を失う痛みは、玲枝にもよくわかる。まして、自分の身代わりになったかと思えば、胸は張り裂けんばかりに痛んだ。

「ま、まさか……陛下が？」

「いや、兄――皇太子の放った刺客だった」

なんと重い絶望だろう。

皇太子の、玲枝に対する異常な執着が、柏心を襲わせたのだ。

「私の……せいでございますね……」

「違う。貴女のせいではない。断じて」

柏心はそう言うが、これは玲枝が柏心を選んだがために起きた反動だ。

浩帝の憎しみも、皇太子の憎しみも、柏心へとまっすぐに向かっている。

――殺されてしまう。

第一世のように。そして、第二世のように。

「柏心様。行ってはなりません。このまま曜都に入れば、殺されてしまいます！」

「恐らく、そうなるだろうな」

ずん、と絶望が重くのしかかる。

未来が、見えない。

「嫌……嫌です。そんなの……」

「ずいぶん前から、このような日が来るのではないかと覚悟をしていた。以前の私なら、受け入れていたかもしれない。自分が死んで丸く収まるならばそれで構わない、と。だが——今は、生きる道を探したい。いや、生きるための道は、一つだけだ」

「入道なさるおつもりですか？　それでも、お命は守れません！」

乾社院《けんしゃいん》だろうと、坤社院だろうと、寄進の額だけが物を言う世界だ。身の危険を回避できるはずもない。

殺される。もう時間の問題だ。

「入道はしない。兄と戦い、父上をお救いした上で隠居していただく」

それは、まったく思いもよらぬ方法だった。

パチパチと瞬きし、首を傾げる。

「……できる……のですか？」

柏心は、おかしな冗談を聞いたように、にこりと笑んだ。

「可か不可かで言えば、可だ。曜都を落とすだけなら、すぐにでも。父と兄の、いずれが勝っても魯家の権勢は続くだろう。それを望まぬ者を抱き込めばいい。この世に、魯家と、魯家ではない家を比べれば、魯家ではない家の方がずっと多いのだ」

すっかり忘れていたが、この人は、救国の英雄の父親である。

玲枝の側の血に、軍事に長《た》けた者などいない以上、父親譲りと考える方が自然だ。実際、柏心は鎮西府で頭角を現している。

（できる……のかもしれない）

汪刺史が、率先して鎮西府の留守を引き受けたのだ。あの、利に敏《さと》い父が素早く動くからには、柏心の側に勝算を見ているのだろう。

「夢にも考えていませんでした。そんな……そんな道があるなんて」

逃げることだけを考えてきた十二年だった。

それが、変わろうとしている。

「私は、貴女と共に生きたい」

ふいに、玲枝の目に映る世界すべてが変化した。

鮮やかなまでに、視界が開ける。

それまで見えていた峻厳《しゅんげん》な岩山が消え、新しい世界が見えはじめていた。

「柏心様……では、柏心様は殺されることなく、曜都の民も救えるのですね？　国境に憂《うれ》いを抱えることもなく……私も……誰ぞに奪われることもなく……」

柯邑は滅ぼされることなく、国も滅びず。

そして——玲枝は悪女と誇られることもなく。

この時、気づいた。

（これは——陶柏心の物語だったんだわ）

これまでずっと、稀代の悪女が、悪女ならざる存在になるための試練だと信じて生きてきた。だからこそ必死にもがき、あがき、時に我が身を捨てんとまでしたのだ。

仙人の言うように、女一人の影響力など微々たるものだったろう。

しかし、人一人の変化だけは起こし得た。

玲枝を妻に迎えたことで、第三世の柏心には変化が起きている。

一つに、浩帝による鎮西府への左遷《させん》。二つに、皇太子との関係の悪化。

はからずも玲枝が坤社院でつけた火種は、浩帝と皇太子の対立に繫《つな》がった。どちらが勝っても、柏心は殺される。

だが、柏心は死を選びはしなかった。——三つ目の変化があったからだ。

玲枝と出会い、己の命の重さを知った。父と兄の執着から、妻を守る必要もあった。

彼には、左遷によって得た五万の兵がいた。前任者の怠慢を挽回《ばんかい》すべく、兵は強くなった。西域商人からの援助もある。玲枝との婚姻によって、土地勘のある汪家の応援も得られた。

ふいに窓布が風に舞い上がり、そして下りてくる。

視界から、窓布が消えた時、柏心は玲枝の前に跪《ひざまず》いていた。

「婚儀は天祥城で行おう。――汪玲枝。どうかもう一度、私の妻になってほしい」

「はい……柏心様。喜んで」

玲枝は自分も膝をつき、柏心の身体をきつく抱き締めた。

この瞬間のために、玲枝の第三世はあったのだ。

運命の流れが、変わっていく。

――長い旅が、終わろうとしていた。


陶柏心は、蒼暦六九〇年六月三日に、曜都の西、千穂里《せんほり》の砦《とりで》に陣取った。

ここで、治安維持のため曜都への入城を許可願いたい、と皇太子に使者を送っている。

皇太子は、柏心に毒を送ることで返答とした。

――妻を差し出せば、命だけは助けてやろう。

そんな一言まで添えてきたのだから、世を渡る機微を、致命的に欠いている。

「この侮辱《ぶじょく》を呑み込む者は、男子にあらず！」

柏心は皇太子に対して怒りを示したというが、後世に伝わったのは、その傍《かたわ》らにいた、彼の妻の対応の方だ。

玲枝は皇太子からの手紙を、躊躇わず篝火《かがりび》に放ったという。

翌日、千穂里から一里の戦場で、皇太子軍と柏親王軍が激突。

統制の取れぬ皇太子軍の三万五千は、鍛えられた鎮西府軍二万五千の前に瓦解。この混乱に乗じ、幽閉されていた浩帝は天祥城を奪取した。

行き場を失った皇太子は、逃走の途中でひっそりと首をくくったという。

復権した浩帝は、まっさきに柏心に毒を賜った。反乱を主導した、として。ここで妻を差し出せ、と言わなかったのは、老練なる知恵であったろうか。

手紙には、

――大蒼国は、陶氏の治める国である。

と書かれていた。柏心には陶氏の血は流れていない、と暗に示したのだ。

この時も玲枝は、砦にいた。

「証《あかし》ならば、ここにございます」

玲枝は、范皇后から受け取った筒《つつ》の中身を公開した。

それは、柯貴人の体調に関する記録である。入宮時に、妊娠をしていないことを示すために提出するものだ。これによって、陶柏心が陶家の人間であることが、世に示されたのである。

柏心の軍は、本人の言《げん》のとおり、半日で曜都を攻略してしまった。後の世に、攻城戦の手本とされた鮮やかな采配であったそうだが、玲枝は見ていない。救国の英雄となった用兵の天才の父親もまた、天才だったということなのだろう。

さらには曜都の治安回復まで、容易に成してしまった。

天祥城へ堂々と入った柏心を、浩帝は玉座の上で出迎えたという。

――孝を忘れた梟《ふくろう》め。

――人の妻を掠《かす》め取る者を、盗《とう》と呼ぶ。

そのような会話があったそうだ。

浩帝は、柏心が示した『証』を認めなかったという。――それは、私が偽装させたものだ。すでに腹に子を宿した柯氏の娘を迎えるために。偽装を命じた私が言うのだから、間違いはない――と。だが、荒唐無稽《むけい》な話である。誰も信じはしなかった。結果、正気ではない、と判断された。

浩帝は譲位後、昂羊宮の一角で短い余生を過ごした。

心労のためか急激に老け込み、二年後、病を発してひっそりと世を去っている。傍らにいたのは、宦官一人であったそうだ。

跋　愛しき茘枝

蒼《そう》暦六九一年八月。

天祥城《てんしょうじょう》内の地下牢に、玲枝《れいし》はいた。

見張りの兵士はすでに去らせ、その囚人と玲枝の他に人はいない。

「……探しましたよ」

闇《やみ》に沈む牢に向かって、玲枝は声をかけた。

もぞり、と奥の方で、人の形をしたものが動く。

髭《ひげ》は伸び放題で、顔色も悪い。けれど、その顔を、玲枝はよく知っていた。

「よく……わかりましたね。偽名で通していたというのに」

「苦労しましたよ。でも、間に合ってよかった」

玲枝は、牢の前で膝《ひざ》をついた。

牢の中にいるのは――仙人だ。

「お見事でした。貴女《あなた》が、まさか坤社院《こんしゃいん》から魯《ろ》家を動かすとは」

「貴方《あなた》こそ。楡《ゆ》殿下を焚《た》きつけたのは――貴方だったのでしょう？」

玲枝が持っていた竹筒《たけづつ》を渡すと、仙人は喉《のど》を鳴らして水を飲んだ。

「他に、道がなかったのです。……私も、必死に働きはしたのですよ。五度科挙《かきょ》を受け、官吏《かんり》となり、皇太子殿下にお仕えするところまでは、上手《うま》くいっていました」

「ご立派です。本当に」

科挙でも受けろ、と言った記憶はあるが、本当に受けるとは思っていなかった。

官吏として、彼は十分に成功している。皇太子の側近の一人に名を連ねていたのだから。

だが、仙人は自嘲《じちょう》するように肩をすくめた。

「よしてください。一目惚《ぼ》れした美女に執着して、自棄《やけ》酒ばかりするような男には、なにを言っても無駄だった。私は無力でしたよ。無能な楡帝が即位したのち、世が乱れることはわかっていたのです。なんとかしたかった。だが……できなかった」

玲枝は、小さく苦笑した。

祖母を求めて酒を飲む上司の姿を見るのは、さぞつらかったろう。

「無力ではありませんでしたよ、決して。坤社院でいくら騒いでも、私一人に、楡殿下を動かすことは不可能でしたから」

楡親王《しんのう》による浩帝幽閉事件《こうてい》は、陽夏節《ようかせつ》に行われたため、陽夏の争乱と呼ばれている。

この争乱において、楡親王の側近として暗躍したのが、張《ちょう》尚書官という男だった。それが仙人の偽名だと判明したのは、ほんの数日前のことである。

「このままでは、浩帝陛下が汪《おう》玲枝を手に入れてしまいますよ――と囁《ささや》いただけです。不本意でしたが、効果覿面《てきめん》でした」

「貴方は、故郷を守ったのです。それから、この国の未来も」

「それは貴女の功です。世を変えた」

「では、書のお陰《かげ》でしょうか？」

「ご謙遜《けんそん》を。皇后《こうごう》陛下」

汪皇后。それが、今の玲枝だ。

玲枝は穏やかに笑み、そして目に浮かんだ涙を、そっと袖《そで》で押さえる。

「貴方と別れたあと、人から様々な話を聞きました。……もしかして……貴方は柏心《はくしん》様を宿主にするはずだったのではなくて？」

玲枝が慎重に問えば、仙人は、多少の躊躇《ためら》いを経《へ》てからうなずいた。

「……ご明察です。私は反対でしたが、周囲は、そうせよと言いました。上手く立ち回って生き延び、救国の英雄の父となれ――と。だが……どうしてもできなかった。だから、曜都《ようと》へ発《た》つ直前に、周囲の目を盗んで星砕散《せいさいさん》を飲みました。距離が離れていれば、避けられると思ったからです」

もし仙人が、柏心の中に入っていたら――祖母との間に子をもうけることになる。

それだけはできない、と仙人は思ったのだろう。賢明な判断だ。

お陰で、柏心は宿主にならずに済んだ。彼が彼のままでなければ、玲枝は、今あるこの未来を手にすることはできなかったろう。

「それを聞けてよかった。ありがとう。貴方の判断が、国を救ったのです」

「祖母が悪女になったのは、世が女から書を奪ったがために起きたことだ――と信じたかったのです。祖母さえ賢ければ、すべてが変えられると思った。見当違いの作戦でしたが……結果として世は救われたのですから、運命というのは、わからないものですね」

ふっと仙人は苦笑した。

それから、小さく「貴女を誇りに思います」と決まり悪げに言う。

「ありがとう。……それで……貴方に会って、確認したいことがあったのです。星砕散のことで」

「ご心配なく。あの竹簡に書いたのは、秘薬の処方ではありません。似せていますが、無害な薬物です。恐らく、二度と星砕散は作られないでしょう。私のような優秀な薬師《くすし》は、簡単には生まれませんから」

「……たしかですね？」

「遡行《そこう》なしでは成り立たぬ国など、滅びた方がいい。それが、私の出した結論です」

この言《げん》に、嘘《うそ》はないだろう。乙華《おつか》が玲枝に飲ませた星砕散らしき薬は、無毒であったと柯邑《かゆう》の薬師に聞いている。

「よかった。……貴方がそう考えてくれて、本当によかった」

正しいか、正しくないかで言えば、遡行は正しくはない。

皇后の座に就いてからも、遡行の狡《ずる》さには心を痛め続けてきた。

未来を知り、そして二度目ゆえに命を軽く扱う者が、世を動かすべきではないのだ。

遡行を否定するという結論が、実際に遡行した二人によって導かれたことに、玲枝は、深い安堵《あんど》を覚える。

「越世《えつせい》遡行は、二度と起きない。これで柯氏も、世に忌《い》まれずに済むでしょう」

結局のところ、あの竹簡には、さほどの意味もなかったらしい。

蔵を焼かれた時の絶望を思い出したが、恨み言は言わずにおいた。

「あとは私が、産んだ男児に焔明《えんめい》と名づけ——死ねば、すべてが終わるのですね」

柯氏は、一族以外の遡行者を殺すと聞いている。

いつか救国の英雄となるはずの男児を生んだ段階で、玲枝は消されるのだろう。

「大丈夫ですよ。柯邑と話はついています。貴女の役目は、貴女の子供や孫が、引き続き柯邑を守るよう、教え導くことですから」

「え……？」

「あとは、どうぞお好きに生きてください。残る人生は、貴女のものだ。……汪玲枝は、もう悪女ではないのですから」

玲枝は、とっさに胸を押さえた。

驚きと感動で、胸の奥が締めつけられる。

「私……生きていても……いいのですか？」

「生きてください。これからは、ご自身のために。……余計なお世話だが、もう少し、肥《こ》えられた方がいい」

満ちたりた表情で、仙人は笑んでいる。

彼は、彼の二度目の人生を、壮士《そうし》としてまっとうしたのだろう。

「貴方に伝えたいことが、もう一つあるんです」

「……なんです？」

そっと、玲枝は自分の腹を撫《な》でた。

もう、かすかなふくらみがある。

「……子を、授かりました」

仙人は、目を見開いた。

「なんと……そうか……そうでしたか」

「私の子が、救国の英雄になるかどうかはわかりません。でも、誓って愛を惜しみなく捧げます。恥だと言われぬよう――いえ、恥だと言われようと構いません。それが我が子のくだした評価なら、甘んじて受けましょう。子が、親の望むままに育つわけがありませんもの。私にできるのは、母親として、我が子を愛し、育てることだけです」

どうしても、その一言を仙人に伝えたかった。

仙人は顔を覆《おお》い、静かな嗚咽《おえつ》を漏らしたあと、顔を上げる。

「しっかり食事をして、どうか長生きをしてくださいい、おばあ様。私は、貴女に会いたい」

別れの時が、来た。

玲枝は、先ほどとは別の竹筒と、薬包を差し出した。

「許して。これが、孫に示せる、ただ一つの愛です」

仙人は皇太子の下で暗躍し、反乱に加担している。

柏心は、あくまでも浩帝に反旗を翻《ひるがえ》した皇太子を排除した立場だ。皇太子が自死した以上、責任はその部下たちが負うことになる。助ける道はない。

「……ありがたい」

それは、柯邑の長《おさ》に頼んで手に入れた毒薬だ。

処刑は明日。政治犯の処刑は、苛烈《かれつ》を極める。せめてその苦しみだけは取り払いたいという一心だった。

「また、今生《こんじょう》で会いましょう。待っていますよ、圭蓮《けいれん》」

玲枝は、それだけ言うと牢に背を向けた。

そして――地下を出るまで、後ろを振り返りはしなかった。


蒼暦六九二年、冬。玲枝は、柏帝の第一子となる女児を出産した。

それから――四年。

「母上！　母上！　見てください！」

「まぁ、なんて立派な蛙《かえる》！」

「あちらに、たくさんいたの！　でも、すぐ戻して参ります！　可哀《かわい》そうだもの！」

昂羊宮《こうようきゅう》に、柏帝とその一家は避暑に来ていた。

玲枝が産んだ灯佳《とうか》公主が、蛙を入れた箱を抱えて走り出し、その後ろを、楡親王の遺児の照《しょう》親王と、魯淑妃《しゅくひ》が産んだ煉《れん》親王が「待って！」「僕も見たい！」とはしゃぎながら追いかける。

柏心と玲枝は、楡親王が遺した子も、浩帝と魯淑妃の間の子も、養子として迎えた。実子同然に育てており、教育に差はつけていない。

彼らの母親を含めた親王妃らは、今、坤社院で暮らしている。玲枝は、彼女たちへの便りを、決して欠かさなかった。

「あれあれ、お待ちくださいませ！」

小玉《しょうぎょく》が、三人の子供たちを追いかけていく。

彼女は今、後宮の女官の束ねだ。都内に邸《やしき》を持ち、庭では豆を育てているという。穏やかな暮らしを得、いずれ望みどおり穏やかな老後を得るだろう。

（ここまで……長いようであっという間だった）

晴れやかな空を見上げ、玲枝はため息をつく。

即位以来、柏心は昼夜を問わず、ひたすらに働き続けた。

その甲斐《かい》あってか、この五年の間に、国内ではいかなる武力衝突も起きてはいない。

――姜玄昭《きょうげんしょう》の反乱も、起きなかった。

姜玄昭という人物自体が、この世を去っている。柏心を狙った刺客が誤って殺した西域《さいいき》商人というのが、他でもない姜玄昭だったのだ。

「玲枝」

「柏心様」

名を呼ばれ、玲枝は笑顔で振り返った。

愛する夫がそこにいる。これほどの幸せはない。

「こうしていると、日々の忙しさが嘘のようだな」

「本当に。時を忘れますわ」

玲枝は、微笑《ほほえ》みを浮かべたままうなずいた。

動く頰《ほお》の感覚が、以前とは違う。最初の妊娠を機に、少し肥えたせいだ。

食べたいと思うものも増え、折れそうに細かった腕も、かすかに丸みを帯びている。

玲枝の身体《からだ》も変わったが――それ以上に、世は大きく変わっていた。

汪家は、陽夏の争乱において功を上げたが、そのまま鎮西府《ちんぜいふ》を守る形で地方に留まっている。魯家の後釜《あとがま》にはなるまいと思ったのだろうか。驕《おご》ることなく、堅実に民を守っているそうだ。

魯家は、争乱で当主と多くの兵を失ったが、いち早く柏心についた一派が、一族を守った。拠点だった顧州《こしゅう》に戻り、州政に携《たずさ》わっていると聞く。今の当主は、魯淑妃の弟の魯季《き》長《ちょう》だ。彼は詩人としても貪欲《どんよく》で、多忙な毎日の中で、多くの詩を書き記しているという。稀代《きだい》の悪女ではなく――ある美しき聖女の詩を。

魯家の失脚の流れに乗り、柏心は浩帝が許した政治の腐敗を一掃するべく努めた。国境の防御は強化され、今日まで長塞《ちょうさい》の向こうに目立った動きもない。国境の治安回復は、西域商人らの不満を消し去った。

――時折、反動が怖くなる。

世は大きく変わった。変わったからこそ、いつか大きな反動が来るのではないかと思う。浩帝や楡親王の遺児が、いつか反旗を翻すのではと思うこともある。しかし、彼らを見捨てることはできなかった。

柏心が、浩帝を凌《しの》ぐ暴君になるかもしれない。玲枝も、再び悪女と呼ばれる日が来るかもしれない。だが、仮に反動が身を滅ぼすとしても、受け入れるつもりでいる。――仙人がそうしたように。それが、遡行者の宿命というものだ。

「久しぶりに、空を見た気がする」

空を見上げる柏心が、目を細めた。

この五年、心の休まる暇のなかったことを、玲枝も近くで見て知っている。

「せっかくの御静養ですもの。ゆっくり空を眺めて過ごしましょう」

「そうだな。これからは、もっと家族との時間を取りたい。貴女の献身にも報《むく》いたいのだ。なんでも、望むものを言ってほしい」

「まぁ、そんな。私は十分に幸せです。これ以上は望めません」

「貴女は、慎《つつ》ましやかな人だな」

卓に、食事が運ばれてくる。

甘やかな芳香が、鼻をくすぐった。

運ばれてくる皿の一つに、目が奪われる。

「まぁ！　茘枝《ライチ》！」

玲枝は、その皿に盛られた果実を見て、満面の笑みを浮かべた。

手を伸ばし、その芳香にうっとりと酔う。

「――茘枝が、好きか？」

愛する夫からの問いに、玲枝は、

「はい！」

と笑顔で答えていた。


やり直し悪女は国を傾けない　～かくも愛しき茘枝～　了

※この作品はフィクションです。実在の人物・団体・事件などにはいっさい関係ありません。

集英社オレンジ文庫をお買い上げいただき、ありがとうございます。
ご意見・ご感想をお待ちしております。

● あて先
〒101-8050　東京都千代田区一ツ橋2-5-10
集英社オレンジ文庫編集部 気付
喜咲冬子先生

やり直し悪女は国を傾けない
～かくも愛しき茘枝《ライチ》～

集英社
オレンジ文庫

2023年10月24日　第1刷発行
2023年11月18日　第2刷発行

著　者　喜咲冬子
発行者　今井孝昭
発行所　株式会社集英社
〒101-8050東京都千代田区一ツ橋2-5-10
電話【編集部】03-3230-6352
【読者係】03-3230-6080
【販売部】03-3230-6393（書店専用）
印刷所　株式会社美松堂／中央精版印刷株式会社

ISBN 978-4-08-680524-7 C0193

集英社オレンジ文庫

喜咲冬子

竜愛づる騎士の誓約(上)(下)

竜を御す王、竜を葬る騎士。ふたつの稀種が
治める王国には、隠された歴史と封印された
闇がある。王佐の騎士を目指し学院に通う
少女セシリアは、幼い頃から竜に惹かれていた。
成人の儀式に臨む王女に衛士として選ばれたことから、
運命は大きく変わることとなり……？

好評発売中

【電子書籍版も配信中　詳しくはこちら→http://ebooks.shueisha.co.jp/orange/】